Conni & Co

21.12.2019

Cosma

Linda

raggiona

Julia Boehme arbeitete als Redakteurin beim Kinderfernsehen, bis ihr einfiel, dass sie als Kind unbedingt Schriftstellerin werden wollte. Wie konnte sie das bloß vergessen? Auf der Stelle beschloss sie, jetzt nur noch zu schreiben. Nun lebt sie in Berlin und denkt sich ein Kinderbuch nach dem anderen aus.

Julia Boehme

Conni & Co

Mit Illustrationen von Dorothea Tust

CARLSEN

Weiterlesen? Weiterlesen!
Band 2: Conni und der Neue
Band 3: Conni und die Austauschschülerin
Band 4: Conni, Anna und das wilde Schulfest
Band 5: Conni, Billi und die Mädchenbande
Band 6: Conni, Mandy und das große Wiedersehen
Band 7: Conni, Phillip und das Supermädchen
Band 8: Conni, Paul und die Sache mit der Freundschaft
Band 9: Conni, Phillip und ein Kuss im Schnee
Band 10: Conni, Dina und das Liebesquiz
Band11: Conni, das Kleeblatt und die Pferde am Meer
Band 12: Conni, Dina und der Babysitterclub

Mehr über Conni findest du unter www.conni.de

MIX
Papier aus verantwortungsvollen Quellen
FSC® C083411

Sonderausgabe
Veröffentlicht im Carlsen Verlag
September 2016

Umschlag- und Innenillustrationen sowie Lettering: Dorothea Tust
Umschlaggestaltung: formlabor
Lettering S. 89: Marianne Wißmann
Corporate Design Taschenbuch: bell étage
Druck und Bindung: CPI books GmbH, Leck
ISBN 978-3-551-31590-8
Printed in Germany

»Morgen ist es so weit«, sagt Anna.

Billi nickt. »Ich bin schon so gespannt auf die neue Schule!«

»Na, und ich erst!«, ruft Conni. »Diesmal hätten die Sommerferien echt kürzer sein können!«

»Guten Appetit!« Die Bedienung wuchtet einen riesigen Eisbecher auf den Tisch: zwölf Kugeln mit Früchten, Nüssen, Schlagsahne und Waffeln und obendrauf noch jede Menge Schokoladensoße.

Ehrfürchtig putzt Billi die Hände an ihrer Tigerhose sauber. »Eigentlich ist der Amorbecher ja für Verliebte.«

»Ja, stimmt«, seufzt Anna gedankenverloren.

»Na gut, wenn ihr nicht wollt …« Conni schnappt sich eine Kirsche. »Ich warte jedenfalls nicht, bis ich verliebt bin!«

Anna und Billi greifen blitzschnell zu ihren Löffeln. Kommt ja überhaupt nicht in Frage, dass Conni das ganze Eis alleine isst! Dann ist es erst mal eine Weile still am Tisch.

»Meine Zunge ist fast erfroren«, lispelt Billi schließlich. »Ich schmeck schon gar nichts mehr.«

»Das ist auf jeden Fall Schoko«, sagt Conni und schiebt sich den letzten Rest in den Mund.

»Das war Schoko, meinst du wohl«, stellt Anna fest. Ein

bisschen spitz, denn schließlich isst sie Schokoladeneis auch am liebsten.
»Schon komisch, dass wir die Einzigen sind, die aufs Lessing-Gymnasium kommen«, meint Billi unvermittelt.
»Wir und Paul«, ergänzt Conni.
Anna hat sich inzwischen mit Nusseis getröstet. »Am meisten werde ich Nina und Serafina vermissen«, nuschelt sie mit vollem Mund.
Conni nickt. »Zu blöd, dass sie auf diese Mädchenschule kommen.« Sie knabbert an einer Waffel. »Was ist mit euch? Würdet ihr gerne dahin gehen?«
Anna zuckt mit den Schultern. »Manchmal schon. Aber gar keine Jungs ist doch auch doof, oder?«
»Ja«, grinst Billi. »Wen soll man da ärgern?«
Das muss ausgerechnet Billi sagen! Conni und Anna kichern.
»Zumindest ist gut, dass Paul mitkommt und kein anderer Junge«, sagt Anna entschieden.
»Zum Beispiel Torben!« Conni verdreht die Augen. »Übrigens, mit Paul hab ich ausgemacht, dass wir uns zu viert zusammensetzen. Das ist doch okay, oder?«
Anna und Billi sind einverstanden.
»Mensch, bin ich aufgeregt! Mama meint, jetzt fängt ein neuer Lebensabschnitt an!« Anna kichert.
»Ja, und mein Opa sagt«, Billi spricht plötzlich mit einer tiefen, rauchigen Stimme: »Billi, jetzt beginnt der Ernst des Lebens!«
»Das wollen wir doch erst mal sehen«, lacht Conni. Feierlich hebt sie ihren Eislöffel. »Auf unsere neue Schule!«

»Auf die neue Schule!«
Drei lange Eislöffel stoßen klirrend zusammen.

***

Conni und Paul wohnen direkt nebeneinander. Sie gehen schon seit Jahren zusammen zur Schule. Doch heute werden sie zum ersten Mal zusammen zur Schule fahren. Einer der vielen guten Gründe, endlich in die Fünfte zu kommen!
Conni lehnt ihr Fahrrad an den Gartenzaun und klingelt.
Doch statt Paul öffnet seine Mutter die Tür. Das heißt, sie macht sie nur einen Spalt weit auf. Wahrscheinlich soll Conni nicht sehen, dass sie noch im Bademantel ist. Conni grinst. Dieses rosa-gelb geblümte Teil ist ja auch echt die Härte.
»Du musst eben warten, Paul ist noch nicht fertig!«, ruft Frau Hauser durch den Spalt. Bevor Conni irgendetwas sagen kann, ist die Tür schon wieder zu.
Conni schaut auf ihre Uhr. Ausgerechnet heute trödelt Paul! Wie sollen sie da einen guten Platz kriegen? Anna, Billi, Paul und sie haben sich deswegen extra früh verabredet. Und jetzt? Paul kommt und kommt nicht!
Ungeduldig schaut Conni wieder zur Uhr. Sie ist drauf und dran alleine loszufahren. Stattdessen drückt sie noch einmal auf die Klingel. Diesmal reißt Paul die Tür sperrangelweit auf. Seine blonden Haare sind völlig verstrubbelt.
»Bin gleich fertig«, ruft er und stopft sich eine halbe Banane in den Mund. Dann lässt er sich auf den Fußboden plumpsen, um Socken und Turnschuhe anzuziehen.
»Mensch, Paul! Billi und Anna warten schon.«

»Hab verschlafen«, murmelt Paul entschuldigend.
»Verschlafen? Heute?« Conni kann es nicht fassen. Sie war eine Stunde früher wach als sonst. Vor lauter Aufregung. Aber Conni verbeißt sich jeden weiteren Kommentar. Sie haben es eilig. Und wie!
Schnell schwingen sie sich auf ihre Räder und sausen nebeneinanderher.
»Was sagst du zu meinem neuen Rucksack?«, fragt Conni und fährt ein bisschen schneller, damit Paul den roten Lederrucksack auf ihrem Rücken bewundern kann.
»Jo, nicht übel«, brummt Paul.
Nicht übel! Conni rollt mit den Augen. Das Teil war sauteuer! Wochenlang hat sie daran gearbeitet, Mama und Papa rumzukriegen. Aber Jungs haben ja keine Ahnung!

Anna und Billi warten wie abgemacht bei den Fahrradständern. Anna trägt einen neuen blauen Rock, während Billi wie immer ihre Tigerhose anhat.
»Wo bleibt ihr denn?«, ruft Billi empört. »Ihr seid fast eine Viertelstunde zu spät!«
»Paul hat verschlafen«, erklärt Conni.
»Menno!« Anna gibt Paul einen Stoß in die Rippen.
Doch der grinst nur.
»Los jetzt!«, sagt Conni. Sie traben ins Schulgebäude.
»Wir müssen in Raum B21«, meint Billi. Im Flur ist zum Glück alles ausgeschildert.
»Im ersten Stock!«, ruft Anna.
Also die Treppe rauf. Conni nimmt immer zwei Stufen auf einmal.

Hier ist schon Raum 21. Paul reißt die Tür auf und erstarrt.
Wo sind sie denn hier gelandet? Das sieht eher nach einer Abiklasse aus – nach einer Fünften bestimmt nicht!
Einer hat sogar schon einen Bart.
»Ist hier nicht B21?«, fragt Conni mutig.
»Nee, da müsst ihr da rüber.« Der Bärtige zeigt gelangweilt zum Fenster raus auf ein anderes Haus.
Die vier rasen die Treppe wieder hinunter, suchen die Tür zum Hof und laufen zu dem anderen Gebäude hinüber. Ein großes, blaues B prangt über der Eingangstür. Warum haben sie das nicht gleich gesehen? Keuchend rennen sie die Treppe hoch.
»Hier muss es sein«, meint Conni und schaut neugierig ins Klassenzimmer.
Ja, diesmal sind sie richtig: Hier sind alle in ihrem Alter.
Der Raum sieht allerdings nicht besonders einladend aus. Die Wände sind kahl und könnten einen neuen Anstrich vertragen. Es gibt nichts weiter als eine Tafel, das Lehrerpult und vier lange Bankreihen. Die braungelben Vorhänge sind ziemlich zerschlissen.
Conni muss an ihr altes Klassenzimmer denken: voller Bilder, Poster, Pflanzen. Und dann die Leseecke mit dem großen Sofa!
Anna drängelt sich an ihr vorbei. »Los, ganz vorne sind noch Plätze frei!«
Es sind die letzten vier freien Plätze nebeneinander. Sie haben keine Auswahl mehr. Und das alles nur wegen Paul! Aber die erste Reihe ist ja auch nicht schlecht …

Sie nehmen ihre Rucksäcke ab. Plötzlich stutzt Paul.
»He, Mark«, ruft er einem Jungen in der zweiten Reihe zu. »Was machst du denn hier?«
»Was wohl? Ich geh zur Schule!«
Paul strahlt, dass seine Sommersprossen fast zu leuchten anfangen. »Ich wusste ja gar nicht, dass wir in die gleiche Klasse kommen.«
»Na, ich doch auch nicht.« Mark räumt den Platz neben sich frei. »Komm, setz dich!«
»Äh, ich …« Paul schaut zu Conni rüber.
Mark folgt seinem Blick. »Du willst dich doch nicht etwa zu den Mädels setzen?«
»Ist denn neben dir noch frei?«, fragt Paul zögernd.
»Nee, hier ist besetzt: Da sitzt du nämlich.« Mark grinst.
Paul rutscht auf den Platz neben ihm.
Conni starrt Paul fassungslos an. Er zuckt nur kurz mit den Schultern. Das ist alles.
Anna verzieht das Gesicht. »Na, toll! Wegen dir sind wir so spät. Und dann das!«
»Ist doch egal«, behauptet Conni. Sie ist viel zu stolz, um Paul zu zeigen, wie sauer sie ist. »Dann sitzen wir eben zu dritt!«
Gerade packen sie ihre Sachen aus, als drei Mädchen auf sie zustolzieren. Sie haben sich untergehakt und bauen sich nun vor Conni, Anna und Billi auf. Irgendwie sehen sie sich ähnlich. Zumindest tragen sie alle denselben Lidschatten und glänzendes, rosa Lipgloss. Das Mädchen in der Mitte wirft mit einer ausladenden Kopfbewegung seine goldblonden Haare zurück.

»Was wollt ihr denn hier?«, fragt sie und rümpft angewidert die Nase. »Ihr habt hier nichts zu suchen!«
»Ach, ist das etwa nicht die 5a?« Conni schaut das Mädchen herausfordernd an.
»Doch«, antwortet die Blonde gedehnt. »Sagt bloß, ihr seid die Neuen?«
Die Neuen! Conni lässt das Mädchen nicht aus den Augen: Was ist das denn für eine?
»Hier sind doch alle neu, oder?«, gibt sie zurück.
»Falsch!« Das Mädchen schaut sich um, als sei das Klassenzimmer sein persönliches Königreich. »Wir kennen uns alle aus der Grundschule. Nur ihr seid neu!«
Kalt lächelnd stemmt sie ihre Hände in die Hüften. »Und eins sage ich euch: Wir wollen euch hier nicht!«
»Das hast du ja wohl nicht zu bestimmen!« Conni funkelt das Mädchen an.
»Was ist das denn für eine Zicke!«, murmelt Billi entsetzt.
Zum ersten Mal mischt sich eins der beiden anderen Mädchen ein.
»Janette ist keine Zicke, hörst du!« Fauchend zeigt sie Billi ihre glänzende Zahnspange.
Janette tut, als habe sie nichts mitbekommen. Lässig setzt sie sich auf Connis Tisch. »Im Übrigen sind das hier unsere Plätze. Setzt euch gefälligst woandershin!«
Ist die jetzt völlig übergeschnappt? Aber Conni lässt sich nicht so schnell aus der Ruhe bringen.
»Dann setzen wir uns eben da rüber«, sagt sie achselzuckend und meint damit die Plätze, auf denen Janette bis eben mit ihren Freundinnen gesessen hat.

»Die Plätze sind schon reserviert! Die halten Saskia, ich und Ariane für unsere Freunde frei«, behauptet Janette. Saskia und Ariane grinsen.
»Die Plätze hier waren aber nicht freigehalten!«, sagt Conni laut. Langsam wird es ihr zu bunt mit dieser Janette. Wofür hält die sich eigentlich?
»Los, zieht Leine! Wir waren zuerst hier!«, zischt Janette.
»Stimmt ja gar nicht!«, stellt Billi richtig.
Anna starrt Janette nur mit großen Augen an und kriegt keinen Ton heraus.
»He, Tim«, ruft Janette einem Jungen aus der ersten Reihe zu. »Haben wir hier zuerst gesessen oder nicht?«
Tim tut, als habe er nichts gehört, und kramt ausgiebig in seinem Rucksack.
»Sag schon!«, befiehlt Janette.
»Ja, ja«, nuschelt Tim und schaut zur Seite.
»Also weg hier!« Janette fegt Billis Tasche vom Tisch, so dass alle Hefte und Bücher und Stifte herauspurzeln.
»Bist du völlig verblödet?«, ruft Conni zornig. Sie springt auf, um Billis Sachen wieder einzusammeln. In dem Moment setzt sich Janette einfach auf ihren Stuhl.
Mit einem Fußtritt kickt sie Connis Rucksack unter dem Tisch weg. »Was ist das denn für ein Scheißteil!«, ruft sie höhnisch. »Marke Grabbeltisch! Oder was?«
Alle kichern, als Conni ihren Rucksack aufhebt. Ihr Gesicht ist knallrot vor Wut.
Janette guckt ihr zu. Dabei zieht sie einen Lolli aus der Hosentasche. Saskia hat sich schnell auf Billis Platz gesetzt.

Und Ariane hält wieder die alten Plätze in der dritten Reihe frei.
Anna schnappt sich schleunigst ihre Sachen, bevor die auch noch durchs Klassenzimmer fliegen, und räumt das Feld.
»Kommt, wir setzen uns woandershin«, meint sie ängstlich.
Conni denkt nicht daran. Sie beugt sich zu Janette hinüber. Dabei stemmt sie beide Hände auf den Tisch. »Soll ich dir mal was sagen?«, fragt sie verächtlich. »Ich finde dich echt zum Kotzen!«
Was hat sie da gerade gesagt?
Ausgerechnet jetzt zupft Billi sie am Ärmel. »Lass doch! Am besten, wir geben uns mit der gar nicht erst ab!«, flüstert sie Conni ins Ohr.
Conni wirft Janette einen vernichtenden Blick zu, bevor sie sich langsam aufrichtet. Anna und Billi sind schon dabei, sich nach anderen Plätzen umzusehen. Schließlich ist es kurz vor acht. Conni geht zu ihnen hinüber.
Zufrieden lächelnd schleckt Janette ihren Lolli.
Das Problem ist, dass keine drei Plätze nebeneinander mehr frei sind. Ratlos schauen sich Conni, Billi und Anna um.
»Kannst du noch eins aufrücken?«, bittet Conni einen Jungen.
Doch der schüttelt nur den Kopf. »Mein Kumpel kommt gleich noch.«
»Also hör mal …!«, fängt Conni an, doch in dem Moment taucht wirklich ein rothaariger Junge im Klassenzimmer auf und lässt sich neben seinen Freund plumpsen.
So ein Pech aber auch!

Gleich gongt es. Irgendwo müssen sie sich jetzt hinsetzen. Schließlich können sie hier ja nicht die ganze Stunde rumstehen!
»Dann nehmen wir eben den da«, meint Conni.
Ganz hinten in der Ecke steht noch ein leerer Tisch.
Er ist so beschmiert, dass er fast schwarz aussieht. Gemeinsam ziehen sie ihn etwas nach vorne. Dabei wackelt er bedenklich.
»Das ist ja der reinste Sperrmüll«, brummt Billi.
»Stimmt«, sagt Conni. Ärgerlich schaut sie zu Janette hinüber, die immer noch in der ersten Reihe sitzt. »Aber sonst müssen wir getrennt sitzen.«
Anna schluckt. »Das kommt überhaupt nicht in Frage!«
Also suchen sie sich noch drei Stühle zusammen.
»Na toll, jetzt sitzen wir in der fünften Reihe!« Billi runzelt die Stirn. So hat sie sich das nicht vorgestellt.
»Und eng ist es hier auch«, seufzt Anna. Normalerweise sitzen ja auch nur zwei Schüler an einem Tisch und nicht drei.
»Hauptsache ist ja wohl, dass wir zusammensitzen. Oder?«, fragt Conni. Im selben Moment gongt es. Und ihre neue Klassenlehrerin betritt das Zimmer.

Frau Lindmann heißt sie. Lindmann, das klingt nach einer wirklich netten Lehrerin. Und Conni hatte sich gefreut, dass sie eine Frau Lindmann als Klassenlehrerin bekommt. Nicht dass sie sich schon feste Vorstellungen gemacht hätte. Doch irgendwie hatte Conni gedacht, dass Frau Lindmann in etwa wie ihre alte Klassenlehrerin sein würde.

Eine zweite Frau Reisig, mit einer neuen Frisur oder anderen Haarfarbe vielleicht.
Conni zuckt zusammen, als die Tür ins Schloss knallt. Augenblicklich ist es still im Klassenzimmer. Alle starren neugierig die neue Lehrerin an. Und Frau Lindmann starrt zurück.
Mit Frau Reisig hat sie so viel gemeinsam wie ein Weihnachtsengel mit einer Flugechse. Sie ist klein. Und schrecklich alt, findet Conni. Die Augen in ihrem faltigen Gesicht sind eisgrau.
Es ist immer noch totenstill, als Frau Lindmann zum Pult geht. Man hört nur das Knarzen ihrer braunen Lederschuhe.
Vorne dreht sie sich um und fixiert wieder die Klasse. Bislang hat sie noch kein einziges Wort gesagt.
Erst als das Schweigen kaum mehr auszuhalten ist, fängt sie an zu sprechen.
»Guten Morgen«, sagt sie und kneift die Augen zusammen. »Willkommen am Lessing-Gymnasium. Ihr seid also die neue 5a und ich bin ab heute eure Klassenlehrerin. Ich habe mich schon sehr auf euch gefreut.« Lächelnd bleckt sie die Zähne.
Conni wirft einen kurzen Blick zu Anna rüber, aber die guckt gebannt nach vorne.
Frau Lindmann räuspert sich. »So, meine Lieben, aber wenn ihr meint, ihr habt es schon geschafft, nur weil ihr jetzt aufs Gymnasium geht, dann täuscht ihr euch.« Ihre Stimme klingt gefährlich heiser. »Es muss sich erst zeigen, ob ihr dafür wirklich gut genug seid.«

Sie funkelt jeden Einzelnen mit ihren Reptilaugen an. Obwohl sie uralt ist, dreht sie sich plötzlich wie ein Blitz um und schreibt mit quietschender Kreide ihren Namen an die Tafel.
Mark nutzt die Gelegenheit und steckt den Finger in den Mund, als ob er brechen müsste.
In der nächsten Sekunde dreht sich die Lehrerin wieder um.
»Ich heiße Lindmann.« Als ob sie nicht lesen könnten!
Conni schüttelt sich: Lindmann? Von wegen! Lindwurm würde besser passen! Also ehrlich: So ein alter, hässlicher Drache! Hätten sie denn keine andere Klassenlehrerin bekommen können?

Wieder knarzen Frau Lindmanns Schuhe, als sie durch die Bankreihen patrouilliert.
»Noch kennen wir uns nicht, aber wir werden uns schon bald kennenlernen«, sagt sie. Für Conni klingt es wie eine Drohung.
Schließlich bleibt Frau Lindmann direkt vor Conni, Anna und Billi stehen. Missbilligend schaut sie die Mädchen an.
»So, so, ein Extratisch für die Damen!«, sagt sie. »Ihr glaubt wohl, ihr könnt es euch hier hinten gemütlich machen?«
»Alle anderen Plätze waren schon …«, versucht Conni zu erklären.
Doch Frau Lindmann unterbricht sie. »Namen?« Und als nicht gleich eine Antwort kommt, kneift Frau Lindmann ihre Augen noch etwas enger zusammen.
»Wie ihr heißt, möchte ich wissen!«

»Ich heiße Anna«, stottert Anna aufgeregt.
»Und weiter?«, fragt Frau Lindmann ungeduldig.
»Anna Brunsberg«, flüstert Anna.
»Kannst du das auch lauter sagen?«
»Anna Brunsberg«, krächzt Anna.
Frau Lindmann nickt Conni zu. »Und du?«
»Conni Klawitter.«
»Cornelia Klawitter?«, fragt Frau Lindmann und betont dabei jede einzelne Silbe.
»Conni Klawitter«, wiederholt Conni hartnäckig. Lieber würde sie sterben, als zuzugeben, dass sie wirklich Cornelia heißt. Kein Mensch nennt sie so! Nicht einmal Mama und Papa. Auch nicht, wenn sie so richtig supersauer sind.
»Das ist doch nicht dein richtiger Name.« Frau Lindmann verzieht den Mund. »Kein Mensch heißt Conni. Das ist doch nur eine dieser furchtbaren Abkürzungen. Also, wie heißt du richtig: vielleicht Constanze?«
»Ich heiße Conni. Einfach nur Conni.«
Alle kichern los. Sind aber sofort wieder still, als sich Frau Lindmann zu ihnen umguckt. Zuletzt muss noch Billi ihren Namen nennen. »Sibilla Verdi«, sagt sie.
Conni schluckt. Sie weiß, dass Billi ihren richtigen Namen ebenso wenig mag wie sie. Wo sind sie denn hier? Im Knast?
Frau Lindmanns heisere Stimme reißt sie aus ihren Gedanken.
»So, Anna, Sibilla und …«, Frau Lindmann zögert kurz, »… Conni, ihr setzt euch jetzt auf die freien Plätze ganz vorne. Da könnt ihr gleich besser mitarbeiten.«

Überrascht schaut Conni zur ersten Reihe. Sie hat gar nicht mitbekommen, dass sich Janette und Saskia wieder auf ihre alten Plätze gesetzt haben.
»Beeilt euch bitte!«, drängelt Frau Lindmann.
Alle schauen zu, wie Conni, Billi und Anna hastig ihre Sachen zusammensuchen. Frau Lindmann wartet schweigend, bis die drei auf ihren Plätzen in der ersten Reihe sitzen.
»In meiner Klasse kann sich keiner verstecken. Und ausruhen schon gar nicht!« Frau Lindmann schnappt kurz nach Luft. »Deswegen werden jeden Montag die Sitzreihen gewechselt. Reihe vier setzt sich nach vorne in die erste Reihe, die erste Reihe in die zweite, die zweite in die dritte und so weiter.«
Ein leises Murmeln geht durch die Klasse. Mit einem einzigen Blick von Frau Lindmann ist es aber sofort wieder still.
»So, wir haben genug Zeit verplempert«, sagt sie. »Jetzt fangen wir mit Mathe an!«
Es bleibt auch ruhig, als sie ihnen wieder den Rücken zudreht, um die ersten Matheaufgaben an die Tafel zu schreiben.
»Dann mal los. Ihr habt keine Zeit zu verlieren, wenn ihr alle Aufgaben schaffen wollt. Eure Hefte sammele ich nachher ein. Damit ich weiß, wie weit ihr seid. Und …«, Frau Lindmann lässt ihre Drachenaugen funkeln, »… es versteht sich von selbst, dass ihr die Aufgaben für euch alleine löst.«
Conni stöhnt. Das fängt ja gut an!

»Conni, bist du das?« Mama guckt neugierig um die Ecke und sieht gerade noch, wie der rote Lederrucksack in hohem Bogen in die Ecke fliegt.
»Aber Conni! Der teure Rucks…« Mehr ist nicht zu hören. Denn die Haustür knallt ins Schloss. Conni hat ihr einen ordentlichen Tritt verpasst.
»Was ist denn in dich gefahren!«, schimpft Mama. Doch dann hält sie inne. »Hattest du etwa keinen schönen Schultag?«, fragt sie plötzlich mit sanfter Honigstimme.
Wow, wie hat Mama das denn gemerkt! Und so schnell!
Mama breitet die Arme aus. »Komm mal her!« Genauso tröstet sie Jakob, wenn er sich sein Schienbein aufgeschrammt hat. Aber Conni hat sich nicht geschrammt. Und sie ist auch keine fünf Jahre alt.
»Was ist denn nicht in Ordnung?«, fragt Mama besorgt, als Conni sich nicht rührt.
»Nichts ist in Ordnung! Rein überhaupt nichts!«, ruft Conni und wischt Mamas Hand von ihrer Schulter.
»Es gibt Pizza!« Jakob flitzt mit Vollgas vom Esszimmer in den Flur, bleibt aber abrupt stehen, als er Conni sieht.
Schnell wischt sie sich die Tränen vom Gesicht.
Ausgerechnet jetzt schließt Papa die Haustür auf. Er hat einen Stapel Pizzakartons unterm Arm. »Schaut mal, was ich mitgebracht habe! Zur Feier des Tages!«
Als ob es an diesem verflixten Tag etwas zu feiern gäbe!

Die Pizza liegt vor ihr auf dem Teller und starrt Conni vorwurfsvoll an. Pizza Mozzarella, eigentlich ihre Lieblingspizza. Aber heute kriegt sie keinen Bissen hinunter.
Kater Mau streicht schnurrend um ihre Beine. Wenn sie nicht will, er will immer …
»Jetzt erzähl doch mal«, fordert Papa sie auf und säbelt an seiner Calzone herum. Die Hälfte fehlt schon.
Conni stöhnt. »Die ganze Klasse ist einfach schrecklich. Die sind voll fies!«
»Ach, doch nicht alle! Ihr müsst euch untereinander nur ein bisschen besser kennenlernen«, meint Mama schnell.
»Und diese Frau Lindmann ist der Horror!«
»Conni! Das war doch gerade mal der erste Tag!« Papa zwinkert ihr fröhlich zu. »Wart mal ab, bald sieht das alles schon ganz anders aus.«
Conni schluckt. Von einem Tag auf den anderen scheinen ihre Eltern sie überhaupt nicht mehr zu verstehen.
Na gut, dann muss sie eben deutlicher werden.
»In diese beschissene Schule geh ich nicht wieder!«, ruft sie.
»Conni! Jetzt reiß dich mal ein bisschen zusammen«, sagt Mama. »Was soll denn Jakob denken? Schließlich wird er nächstes Jahr eingeschult!«
Conni schaut zu Jakob rüber. Er starrt sie mit weit aufgerissenen Augen an.
»Grundschule ist was anderes. Die ist in Ordnung«, presst Conni heraus.
Das war's dann mit dem Thema. Kurzes Schweigen. Dann plappert Jakob los und berichtet die üblichen Belanglosig-

keiten vom Kindergarten, während Conni ein paar Bissen lauwarmer Pizza hinunterwürgt.
Bevor Papa wieder ins Büro fährt, klopft er ihr auf die Schulter. »Wird schon werden, Conni. Das ist nichts weiter als eine kleine Anfangsschwierigkeit!«

***

Missmutig hockt Conni auf ihrem Bett und starrt aus dem Fenster. Diese blöde Sonne da draußen passt überhaupt nicht zu ihrer Laune. Zack, zieht sie die Vorhänge zu.
Nichts weiter als eine kleine Anfangsschwierigkeit, ha! Conni wirft sich wieder auf ihr Bett. Als ob Frau Lindmann nur eine kleine Anfangsschwierigkeit wäre. Papa hat ja keine Ahnung! Es ist die ungeheuerlichste Schwierigkeit, die sie je gehabt hat!
Conni stöhnt, als ihr klar wird, dass sie diesen Drachen jetzt mindestens die nächsten beiden Jahre am Hals hat. Und Janette, diese blondierte Klapperschlange, muss sie womöglich noch bis zum Abi ertragen!
Conni seufzt. Das ist also erst der Anfang von schier unendlichen Schwierigkeiten …

***

Sie haben viel mehr Fächer als früher. Und die Hälfte davon bei Frau Lindmann. Viel zu viel, findet Conni. Ein kleiner Trost, dass sie wenigstens in Deutsch, Connis Lieblingsfach, einen anderen Lehrer haben. Und heute fängt der Schultag gleich mit einer Doppelstunde an.

»Endlich mal keinen Lindwurm!«, meint Conni zufrieden.
»Keinen was?«, fragt Anna.
»Lindwurm. So heißt die Lindmann bei mir!«, grinst Conni.
Billi kichert. »Das passt!«
»Was ist denn das für ein Wurm?«, will Anna wissen.
»Lindwurm ist ein altes Wort für Drache«, erklärt Billi.
»Noch nie gehört«, murmelt Anna, doch sie grinst. Der Spitzname gefällt ihr.
Es gongt. Conni, Billi und Anna schauen gespannt zur Tür. Mit federndem Schritt spaziert ihr neuer Deutschlehrer ins Klassenzimmer.
Conni atmet auf. Herr Albers ist jung. Für einen Lehrer zumindest. Er hat kurze schwarze Locken und ein verschmitztes Lächeln. Drachen sehen anders aus.
»Hallo! Willkommen auf dem Gymnasium!«, ruft er, während er sich schwungvoll aufs Pult setzt. »Darf ich mich vorstellen? Ich bin Herr Albers, euer Deutschlehrer!«
Er schaut erwartungsvoll in die Klasse. »So, nun möchte ich natürlich auch wissen, wer ihr seid. Ich wette, ihr kennt euch untereinander auch noch nicht alle. Schließlich ist das eure erste Woche hier. Und deshalb finde ich: Wir sollten uns alle mal einander vorstellen!« Herr Albers kramt in seiner abgewetzten Ledertasche. »Ihr stellt euch aber nicht selbst vor, sondern wir machen das so: Jeder sucht sich einen Schüler oder eine Schülerin aus, die er gerne vorstellen möchte. Möglichst jemanden, den ihr noch nicht aus der Grundschule kennt. Fragt ihn oder sie nach dem Na-

men, dem Geburtstag, den Hobbys und nach dem Lieblingsfach. Die Antworten schreibt ihr alle auf so ein Blatt.« Herr Albers hat endlich einen Packen Zeichenpapier aus seiner Tasche gezogen. »Und daneben malt ihr ein Bild von ihm. Möglichst ähnlich natürlich!«
Herr Albers teilt die Zettel aus.
»Wichtig ist, dass alle vorgestellt werden. Jeder darf also nur einmal interviewt werden. Nicht zweimal! Sonst fehlt uns nachher ein Porträt.«
Der Lehrer geht wieder zur Tafel zurück. »So, und damit ihr wisst, was ihr jetzt machen sollt, male ich als Muster meinen eigenen Steckbrief an die Tafel.«

Name: Linus Albers
Alter: 35
Geburtstag: 20. März
Hobbys: Lesen, Volleyball spielen,
ins Kino gehen, meine Aquarienfische
Lieblingsfach: Deutsch

Daneben malt Herr Albers mit wenigen Strichen ein recht treffendes Porträt von sich. Er grinst zufrieden in die Klasse. »So, und jetzt seid ihr dran!«
Conni schaut sich um. Sie kennt die meisten Schüler nicht. So gesehen ist es einfach, jemand für das Porträt zu finden. Aber die, die sie einigermaßen nett findet, werden schon belagert. Irgendwie scheinen ihr alle zuvorgekommen zu sein.

Nur hinten in der Ecke sitzt ein Mädchen, für das sich noch keiner entschieden hat. Sie sitzt tief über ihren Tisch gebeugt, beinahe so, als wolle sie sich verstecken. Kein Wunder, dass Conni sie zunächst übersehen hat. Sie trägt ein beigefarbenes T-Shirt. Ihre dunklen, krausen Haare hat sie hinten zu einem kleinen Pferdeschwanz zusammengebunden.

Conni geht zu ihr hinüber.

»Hallo, kann ich dein Porträt machen?«, fragt sie.

Das Mädchen schaut Conni erstaunt an. Aber dann nickt sie. »Ja, klar kannst du das!«

»Prima! Dann mal los, du heißt …«

»… Dina Dosso.« Schüchtern legt sie den Kopf zur Seite. »Sag mal, kann ich dich dann auch vorstellen?«

»Kannst du nicht!« Plötzlich steht Janette neben den beiden. »Ich mache Connis Porträt!«

»Dina hat aber zuerst gefragt«, stellt Conni klar. Sie hat nicht das geringste Interesse, von dieser Zicke vorgestellt zu werden.

Janette winkt ab. »Dina kann auch jemand anderen nehmen. Oder?«

Dina rührt sich nicht. Schweigend starrt sie auf ihren Bleistift, den sie langsam zwischen den Fingern dreht.

Janette beugt sich dicht zu Dina hinunter. So dicht, dass Dina schließlich doch aufguckt und sich beide für einen Moment in die Augen sehen. »Du willst also ums Verrecken ausgerechnet Conni porträtieren?«, fragt Janette zuckersüß.

»Ich?«, stottert Dina verlegen. »Nein, ähm, nicht unbedingt. Also, wenn du möchtest, kannst du es ruhig machen.«

»Warum nicht gleich so?« Triumphierend wirft Janette ihren Kopf zurück. »Fangen wir also an!«
Geschäftig setzt sie sich vor ihr weißes Blatt, bereit sofort loszuschreiben: »Name?«
»Ich möchte aber, dass Dina mein Porträt macht!«, beharrt Conni mit fester Stimme.
»Ist schon gut«, flüstert Dina. »Janette macht es bestimmt besser als ich.«
»Worauf du Gift nehmen kannst!« Janette grinst überheblich. »Also, wie heißt du noch mal richtig: Cornelia oder Constanze?«
»Conni. Einfach nur Conni!«, zischt Conni. Nur sehr widerwillig beantwortet sie auch noch die anderen Fragen.
»Warum hast du dich nicht gewehrt?«, fragt sie Dina, als Janette endlich wieder abgezogen ist.
»Wehren? Gegen Janette?« Dina reißt erschrocken die Augen auf. »Gegen die kann doch keiner an«, erklärt sie. »Und am allerwenigsten ich«, fügt sie leise hinzu.

»So, alle wieder auf die Plätze!« Herr Albers klatscht in die Hände. »Wenn wir jetzt nicht langsam loslegen, werden wir heute nicht mehr fertig!«
Paul soll den Anfang machen. Natürlich hat er sich Mark ausgesucht. Das war ja nicht anders zu erwarten. Die beiden kleben regelrecht zusammen.
»Wer gerade jemanden vorgestellt hat, wird danach selbst vorgestellt«, erklärt Herr Albers die Spielregel.
Schöne Regel, denn Paul wird von Mark vorgestellt. Und

jetzt? Herr Albers ruft einfach jemanden auf. Dina soll weitermachen. Sie hat durch Connis Vermittlung Billi porträtiert.

»Sibilla Verdi ist erst neun Jahre alt, weil sie eine Klasse übersprungen hat«, fängt Dina an.

Billi bekommt einen roten Kopf. Das war doch nicht für den Fragebogen bestimmt! Sie hat das Dina doch nur gesagt, weil sie gefragt hatte.

»Billi hat am 6. Februar Geburtstag«, macht Dina mit ihrer leisen Stimme weiter. »Ihre Hobbys sind Tiere. Ganz besonders interessiert sie sich für Tiger und Delfine. Billi ist Mitglied der Naturschutzjugend. Sie liest gerne und macht Judo. Ihr Lieblingsfach ist Bio.« Schüchtern hält sie das Bild hoch, das sie von Billi gemalt hat. Es ist Billi unglaublich ähnlich.

»Du bist ja eine echte Künstlerin«, staunt Herr Albers. Er kratzt sich am Ohrläppchen. »So, und wer stellt uns nun Dina vor?«

Conni meldet sich. Augenblicklich merkt sie, wie alle sie anstarren. So als habe sie sich freiwillig zum Kloputzen gemeldet.

»Da haben sich aber zwei gefunden«, bemerkt Janette abfällig. Zu leise für Herrn Albers. Aber gerade laut genug, dass Conni es hören kann.

»Dina Dosso ist zehn Jahre alt. Sie hat am 6. Mai Geburtstag. Sie zeichnet gerne, vor allem Mangas. Und sie hört gerne Musik.«

»Musik? Kinderlieder, oder was?«, bemerkt Janette leise und ihre Freundinnen kichern.

Conni spricht einfach weiter. »Dinas Lieblingsfach ist Kunst.« Kurz hält sie ihr Porträt von Dina in die Höhe. Nicht schlecht gelungen, findet Conni. Wenn auch nicht annähernd so gut wie Dinas Zeichnung.
»Prima«, lobt Herr Albers und er nickt auch Dina freundlich zu. »So, und wer stellt uns jetzt Conni vor?«
»Ich!« Janette meldet sich.
Ein Raunen geht durch die Klasse. Janette lächelt zufrieden.
»Also«, sagt sie spitz und fängt an ihre Notizen vorzulesen. »Conni Klawitter ist zehn Jahre alt. Und hat am 30. April Geburtstag.« Janette macht eine kleine Pause. »Ihre Hobbys sind: Reiten, Lesen, ihr Kater und überhaupt Tiere. Connis Lieblingsfach«, Janette lächelt spöttisch, »ist Deutsch.«
Die Klasse grinst. Conni rutscht auf ihrem Stuhl hin und her. Was soll denn daran so komisch sein? Es ist ganz merkwürdig. Es stimmt zwar alles, was Janette über sie sagt. Conni hat ihr das ja alles selbst erzählt. Aber so, wie Janette es vorgelesen hat, klingt es, als sei es völlig krank, am 30. April Geburtstag zu haben. Selbst ihre Hobbys hat sie so betont, als würde sie nicht auf Pferden, sondern auf Schweinen reiten, Telefonbücher lesen und für Spinnen schwärmen!
»Und das Porträt?«, fragt Herr Albers höflich.
Janette hält ihre Zeichnung hoch. Die Klasse brüllt vor Lachen.
Conni bekommt einen knallroten Kopf. So eine Unverschämtheit! Dieser schielende Neandertaler hat ja wohl nicht das Geringste mit ihr zu tun!

»Das ist aber nicht sehr ähnlich«, protestiert auch Herr Albers.
»Nicht?« Janette zuckt mit den Schultern. »Dabei habe ich mir solche Mühe gegeben!«
Die Klasse lacht noch mehr.
»Ruhe!« Herr Albers klatscht in die Hände.
»Und wer stellt Janette vor?«, fragt er, als sich die Klasse langsam wieder beruhigt hat.
Die beiden Freundinnen von Janette melden sich gleichzeitig.
»Man sollte doch jemand nehmen, den man noch nicht kennt«, zischt Billi leise.
Auch Herr Albers schaut irritiert. »Ihr habt beide Janette genommen? Dann fehlt uns jetzt aber ein Porträt!«
»Nämlich meins«, flüstert Anna Conni zu. Keiner hat sie interviewt und gefragt, wann sie Geburtstag hat …
»Wer ist denn jetzt noch übrig?«, fragt Herr Albers am Schluss. »Bitte melden!«
Muss das sein? Anna macht sich ganz klein. Doch Herr Albers lässt nicht locker, bis Anna schließlich zaghaft den Finger hebt. Kann er nicht einfach die Sache auf sich beruhen lassen?
Es kommt noch schlimmer: Sie muss sich selber vorstellen! Schrecklich! Anna würde am liebsten im Erdboden versinken.
»Ich heiße Anna Brunsberg und bin am 6. Juli zehn Jahre alt geworden«, leiert sie herunter. »Mein Hobby ist Reiten und mein Lieblingsfach …« Anna stutzt. Sie wollte Deutsch sagen. Aber jetzt, wo Herr Albers sie so rein-

geritten hat, ist Deutsch für sie gestorben! Alle starren sie an.
»Na, was machst du am liebsten?«, will Herr Albers freundlich nachhelfen.
»Ich hab kein Lieblingsfach!«, behauptet Anna trotzig.
»Oh, du magst alle Fächer. Das ist etwas Besonderes«, sagt Herr Albers und wundert sich, warum alle kichern.
Im Geiste verpasst Anna Herrn Albers einen deftigen Kinnhaken.

»So, nun hängen wir alle Porträts an die Wand.« Herr Albers verteilt Reißzwecken. Er ist sehr zufrieden mit sich und seiner Doppelstunde.
»Jetzt sieht es hier im Klassenzimmer gleich viel schöner aus«, behauptet er zum Abschied.
Schöner? Conni starrt auf die hässliche Neandertalerfratze, die Janette hingeschmiert hat. Und mit diesem Zombieporträt soll sie jetzt das Schuljahr überstehen!

»Keiner wollte mich vorstellen«, jammert Anna in der Pause. »Kein Einziger!« Noch nie hat sie sich so grässlich gefühlt.
Conni zuckt resigniert mit den Schultern. »Das ist doch tausendmal besser, als wenn das ganze Schuljahr so ein Horrorbild von dir an der Wand hängt!«
Anna funkelt sie wütend an. »Du hast ja keine Ahnung, wie man sich fühlt, wenn man wie Luft behandelt wird!«
»Ach ja?«, will Conni schon zurückblaffen. Aber da fällt ihr

etwas ein. »Du, Anna, ich glaube, ich hab da eine prima Idee!«

***

Am nächsten Morgen sind Anna und Conni die Ersten im Klassenzimmer. Anna reißt Janettes Zeichnung von der Wand und hängt stattdessen ihr Porträt von Conni auf. Während Conni ihr Bild von Anna aufhängt. Gestern Nachmittag haben sie sich nämlich gegenseitig gezeichnet. Und ihre Bilder sind jetzt – mal abgesehen von Dinas Meisterstück – mit Abstand die schönsten!
Auf dem Klo zerfetzt Conni ihr Horrorporträt in tausend kleinste Schnipsel und spült es in der Toilette weg.
»Jetzt geht es mir viel besser«, sagt sie zufrieden.
»Mir auch!«, meint Anna.

Janette steht vor den Bildern und genießt das gute Gefühl, als Einzige zweimal an der Wand zu hängen. Plötzlich wirbelt sie herum. »He, Conni, was hast du mit dem Bild gemacht?«
»Ich?« Conni verzieht keine Miene. »Was ist denn los?«
»Meine Zeichnung ist weg! Und jetzt hängt da irgendein anderes Bild!«
»Ach, wirklich?«, fragt Conni. »Ist das denn nicht von dir?«
»Nein«, zischt Janette. »Und das weißt du ganz genau!«
Anna war klug genug Connis neues Porträt ganz nach oben zu hängen, dort, wo man ohne Stuhl nicht herankommt. Janette hätte es in ihrem Zorn sonst bestimmt

gleich abgerissen. Aber sich extra einen Stuhl zu holen, dazu ist sich Janette zu schade …
Und so blickt Conni während der nächsten Unterrichtsstunden immer mal wieder hoch an die Wand, zu einer hübschen, selbstbewusst lächelnden Conni. Fast sieht sie aus wie eine zweite Mona Lisa.
Und das hilft schon, um das neue Schuljahr erträglicher zu machen. Ein wenig zumindest.

Conni hat Durst, schrecklichen Durst. Es ist so heiß und ihr Hals brennt wie Feuer. Doch hier gibt es kein Wasser. So weit sie blickt, ist nichts als Sand und flirrende Sonne. Sie muss mitten in der Wüste sein. Aber wie ist sie hierhergekommen?

Plötzlich hört sie ein Geräusch. Conni wirbelt herum. Mit riesigen Schritten rast ein Tyrannosaurus auf sie zu. Conni will losrennen, aber sie kann ihre Beine nicht bewegen. Sie ist gefesselt! Entsetzt sieht sie, wie sich eine Schlange um ihre Füße windet. Conni stolpert. Sie stürzt in den Sand. Und schon ist der Tyrannosaurus direkt über ihr, öffnet sein riesiges Maul und stößt einen grässlichen Schrei aus. Er schreit und schreit.

Conni reißt die Augen auf: Der Wecker! Es ist nur der Wecker!

Sie stellt ihn aus und lässt sich erleichtert ins Bett zurückfallen. Was für ein Albtraum!

»Aufstehen – zur Schule gehen!«, ruft Mama fröhlich ins Zimmer und ist schon wieder weg.

Conni rappelt sich langsam hoch. Sie fühlt sich völlig erschlagen und ihr Hals brennt immer noch.

»Bist du blass!«, ruft Mama, als Conni zum Frühstücken kommt. »Geht's dir nicht gut?«

»Schlecht geträumt«, murmelt Conni.
»Sonst nichts?«
»Ein bisschen Halsweh vielleicht.«
»Lass mal sehen.« Fachmännisch dreht sie Connis Kopf ins Licht und schaut in den Hals. Schließlich ist sie Kinderärztin.
»Du hast eine deftige Halsentzündung«, sagt sie und holt das Fieberthermometer.
»37,0. Damit kannst du in die Schule gehen«, befindet sie. »Hast du heute nicht Schwimmen?« Conni nickt.
»Ich schreibe dir eine Entschuldigung!«
»Aber Mama«, protestiert Conni. Schwimmen ist wahrscheinlich das Einzige, was ihr heute in der Schule ein bisschen Spaß machen könnte. Und außerdem …
»Wie sieht das denn aus? Ich komm zur Schule, aber geh nicht zum Schwimmen? Die anderen werden wer weiß was denken!«
»Mir ist völlig egal, was die anderen denken«, stellt Mama klar. »Mit dieser Halsentzündung gehst du mir nicht ins Wasser.«
»Dann bleibe ich lieber ganz zu Hause!«
»Solange du kein Fieber hast, gehst du zur Schule«, beharrt Mama.
»Das finde ich aber auch«, mischt sich Papa ein. Wie immer ist er auf Mamas Seite. »Auf dem Gymnasium versäumst du einfach zu viel, wenn du fehlst.«
Conni bekommt ein paar Stärkungstropfen und Lutschtabletten gegen die Halsschmerzen.
In letzter Minute versucht sie doch noch das Schwimm-

zeug in den Rucksack zu schummeln. Lieber wird sie richtig krank, als dass sie sich vor der ganzen Klasse blamiert! Aber Mama hat ihre Augen mal wieder überall.
»Der bleibt hier!«, sagt sie und kassiert Connis Badeanzug ein.
Der Albtraum von heute Nacht ist anscheinend immer noch nicht zu Ende …

Conni quält sich durch den Unterricht. Sie hat so gehofft, dass sie nach Mathe einfach nach Hause gehen darf. Aber Frau Lindmann besteht darauf, dass sie während der Schwimmstunde am Beckenrand sitzt. Also muss sie mit zum Schwimmbad fahren.
Während sich die anderen umziehen, streift Conni nur Schuhe und Strümpfe ab und stellt sie in ihren Spind. Dann schlüpft sie so unauffällig wie möglich aus dem Umkleideraum. Aber natürlich gucken ihr alle nach. Conni spürt ihre Blicke im Rücken. Alle werden sich fragen, was mit ihr los ist. Ist das peinlich! Am besten sollte sie sich ein Schild umhängen: »Habe Halsweh und Schwimmverbot!« Wenn Mama wüsste, was sie ihr hier antut!
Conni läuft an den Duschen vorbei zur großen Halle. Frau Lindmann steht am Beckenrand und sorgt dafür, dass der Bademeister zwei Bahnen für ihre Klasse absperrt. Conni schaut zu, wie die beiden langen, rot-weißen Ketten auf dem Wasser tanzen, bis sie schließlich an beiden Enden festgezurrt werden.
»Danke!«, ruft Frau Lindmann. »Und später brauche ich noch einmal Ihre Hilfe. Dann wollen wir springen.«

»Jo, jo«, nickt der Bademeister. »Ich bin ja da.«
Als er an Conni vorbeigeht, schnellen seine Augenbrauen in die Höhe. »Wohl keine Wasserratte, was?«, grölt er lauthals – ausgerechnet in dem Moment, als Janette, Ariane und Saskia aus der Dusche kommen. Die drei ersticken fast an ihrem Gekicher.
Vielen Dank auch, Herr Bademeister! Conni blickt stur ins Wasser und beißt die Zähne zusammen.
Auf dieser Bank kommt sie sich schrecklich blöde vor. Viel lieber wäre sie mit den andern im Wasser. Die drehen jetzt unter Frau Lindmanns Kommando schwimmend ihre Runden.
Conni schaut sich gelangweilt um.
Die Lindmann trägt einen uralten, kaffeebraunen Trainingsanzug. Und um ihren faltigen Drachenhals hängt eine Pfeife, von der sie immer wieder Gebrauch macht.
Pfffff! Pfffff! Schon wieder.
»Jetzt zwei Runden Brustschwimmen!«, brüllt sie.
Ein langer Pfiff und eine ausholende Armbewegung zeigen schließlich, dass alle aus dem Becken kommen sollen. Tropfnass und fröstelnd stehen sie um Frau Lindmann herum. Dann gehen sie gemeinsam zum Sprungturm hinüber.
Während der Bademeister in aller Ruhe den hinteren Teil des Schwimmbeckens absperrt, stellt sich Frau Lindmann an den Beckenrand. Aufrecht, mit federnden Knien, die Arme an die Seite gelegt, macht sie die Sprunghaltung vor.
Jetzt stellen sich alle am Einer auf. Und einer nach dem an-

deren springt. Janette bleibt ein wenig länger auf dem Sprungbrett stehen als nötig. Nicht weil sie Angst hätte. Sie genießt einfach die Aufmerksamkeit.
Frau Lindmann pfeift. »Worauf wartest du? Los!«
Beleidigt zieht Janette eine Schnute und hüpft vom Sprungbrett.
Frau Lindmann bläst wieder in die Pfeife. Sie zeigt zum Dreier hoch und alle stellen sich am Sprungturm an.
Mark klettert als Erster die Leiter hoch. Ganz locker steht er da oben auf dem Brett, als ob es der Einer wäre. Jetzt fängt er sogar an zu wippen, um noch mehr Schwung zu bekommen. Frau Lindmann verzieht das Gesicht. Dann aber springt Mark kerzengerade ins Wasser. Frau Lindmann nickt zufrieden. »Sehr gute Haltung!«, ruft sie.
Paul springt gleich hinterher.
»Gut gemacht, Paul!«
In der Schwimmhalle ist es schwülwarm. Conni würde jetzt am liebsten auch ins Wasser springen, um sich ein bisschen abzukühlen. Ein Sprung vom Dreier macht ihr gar nichts aus. Klar, als sie zum ersten Mal gesprungen ist, hatte sie ziemlich weiche Beine. Aber das ist lange her. Conni grinst, als sie an Torbens Gesicht damals denkt, als sie nach dem Sprung fröhlich winkend aus dem Wasser aufgetaucht ist. Er hat doch tatsächlich geglaubt, sie traut sich nicht. Und als er dann springen sollte, hat er sich in Windeseile aus dem Staub gemacht …
Was würde sie darum geben, nicht hier allein herumzusitzen. Unglücklich rutscht sie auf ihrer Steinbank hin und her. Das ist doch die reinste Schikane, denkt sie ärgerlich.

Jetzt quält man sich schon mit Halsschmerzen in die Schule und wird dann noch bestraft!
Conni rollt mit den Augen. So oder so, ihr bleibt nichts weiter, als zuzuschauen. Gerade ist Janette an der Reihe. Ein bisschen blass steht sie oben auf dem Sprungbrett. Dann aber macht sie sich steif wie ein Brett und springt. Ein spitzer Schrei ist zu hören, bevor sie ins Wasser einschlägt.
»So eine blöde Angeberin«, brummt Conni. Immer muss sie Wirbel machen!
Nun ist Anna die Leiter hochgeklettert. Conni grinst. Anna schaut nämlich nicht nach unten, während sie auf dem Brett nach vorne geht. Sie guckt stur geradeaus auf die gegenüberliegende Wand. Ein Trick, den sie sich zusammen ausgedacht haben. Denn wenn man von oben zu lange ins Becken starrt, wird einem doch mulmig. Das Wasser scheint unendlich weit weg. Mehr als drei Meter: mindestens 4,50. Weil man ja auf dem Brett steht und nicht liegt!
Nur kurz vor dem Sprung: ein kurzer Kontrollblick, ob das Becken frei ist, und dann: hopp, ohne lange nachzudenken! So geht es am besten!
Billi macht es genau wie Anna. Erst kurz vor dem Sprung schaut sie ins Wasser und im nächsten Moment springt sie schon runter. Sie hat die Arme dabei vorbildlich an die Seite gelegt. Doch im letzten Moment schnellt eine Hand hoch und Billi hält sich die Nase zu.
Oskar, der Angeber, macht einen Kopfsprung. Allerdings so flach, dass es ein richtiger Bauchklatscher wird. Er sieht nicht sehr glücklich aus, als er auftaucht. Und kaum klettert

er aus dem Wasser, staucht ihn Frau Lindmann zusammen.

Tja, Pech gehabt!

Als Letzte ist Dina übrig. Zögernd klettert sie die Leiter hoch. Conni merkt gleich, dass Dina Angst hat. Schreckliche Angst.

Wie in Zeitlupe steigt sie aufs Sprungbrett. Dann tastet sie sich mit den Füßen Schrittchen für Schrittchen nach vorne.

»He, schlaf nicht ein!«, ruft Janette zu ihr hoch.

Frau Lindmann wirft ihr einen bösen Blick zu.

Schließlich steht Dina am Rand des Brettes und starrt in die Tiefe.

Conni versucht es mit Gedankenübertragung: Los, spring! Nur nicht so lange runtergucken!

Aber Connis Botschaft scheint nicht bei Dina anzukommen.

Sie starrt noch immer ins Wasser hinunter.

»Spring einfach runter, wie vom Einer!«, ruft ihr Frau Lindmann zu. »Es ist nicht so schlimm, wie's aussieht!«

Dina schaut von oben kurz zu Frau Lindmann hinüber. Dann starrt sie wieder ins Wasser. Sie ist leichenblass.

»Los, mach endlich!«, kreischt Janette.

Dina schüttelt fast unmerklich den Kopf. Vorsichtig dreht sie sich um und balanciert über das Brett zur Leiter zurück.

»In Ordnung«, sagt Frau Lindmann erstaunlich sanft. »Du kannst es ja ein anderes Mal probieren.«

Alle schauen zu, wie Dina zitternd die Leiter herunter-

steigt. Selbst von ihrer Bank aus hört Conni Janettes Gekicher.
Conni schluckt. Arme Dina!
Frau Lindmann pfeift zum letzten Mal: Die Stunde ist zu Ende.
Alle ziehen an Conni vorbei in die Umkleidekabinen. Als Letzte trottet mit einigem Abstand Dina hinterher. Mit hängendem Kopf. Ein paar nasse Haarsträhnen kleben im Gesicht.
Conni rutscht von ihrem Platz. Zögernd geht sie auf Dina zu.
»Mach dir nichts draus«, sagt sie. »Beim ersten Mal hatten wir doch alle Angst.«
Dina schaut Conni an, als wüsste sie nicht genau, ob sie ihr trauen kann. Ihre Augen sind ganz rot. Bestimmt nicht nur vom Chlor.
»Es sieht so verdammt hoch aus«, versucht es Conni noch einmal. »Beim ersten Mal hatte ich butterweiche Beine. Beinahe wäre ich auch umgekehrt, genau wie du. Aber davor, die glitschige Leiter hinunterzuklettern, hatte ich einfach noch mehr Angst.«
Dina guckt nicht mehr ganz so misstrauisch. »Das war auch furchtbar«, gibt sie zu.
»Soll ich dir mal einen Trick verraten?«, fragt Conni. »Du darfst oben auf dem Sprungbrett nicht nach unten gucken, sondern immer nur geradeaus!«
»Aber ich muss doch runtergucken. Was, wenn da unten jemand schwimmt?«, fragt Dina ängstlich.
»Klar, bevor du springst, guckst du kurz runter. Aber keine

Sekunde früher. Und wenn das Becken frei ist, springst du sofort runter. Zack! Ohne lange zu fackeln!«

»Nein!«, ruft Dina.

»Glaub mir, es ist wirklich nicht schlimm!« Conni lächelt ihr zu.

Doch Dina schüttelt nur den Kopf.

»Hallöchen, wer ist denn da!«, kreischt Janette, als Conni und Dina in die Umkleidekabine kommen. Ihre Wimperntusche ist verlaufen. Sie sieht aus wie ein ausgemergelter Vampir.

»Na, du Waschlappen!« Verächtlich blickt sie an Dina hinunter.

»Mensch, halt die Klappe«, faucht Conni heiser. Wenn sie bloß nicht diese verflixten Halsschmerzen hätte.

»Du hast dich ja auch fein gedrückt!«, sagt Janette so laut, dass es auch alle hören.

»Ich mich gedrückt? Ich bin krank!«

»Krank? Dass ich nicht lache!«, ruft Janette.

»Und wieso bist du dann in der Schule?«, hakt Saskia nach. Kalt lächelnd lässt sie ihre Zahnspange aufblitzen.

»Genau«, ruft Janette, »entweder man ist krank und bleibt zu Hause oder man ist gesund und geht zur Schule. Du hattest nur Schiss, das war alles!«

Connis Wangen glühen. »So ein Quatsch! Ich bin schon oft vom Dreier gesprungen!«

»Das kann ja jeder sagen«, meint Janette schnippisch.

Die anderen grinsen. Nur Dina nicht. Sie wirft Conni einen zornigen Blick zu. Nächstes Mal sag ich auch, dass ich krank bin, scheint sie zu denken.

»Anna und Billi sind Zeuge«, krächzt Conni.
»Conni hat doch vor so was keine Angst«, bestätigt Billi sofort. »Die ist sogar schon mal vom Fünfer gesprungen!«
»Ja, stimmt«, murmelt Anna leise. Am liebsten will sie mit der ganzen Sache hier nichts zu tun haben.
»Das würde ich als Freundin auch behaupten«, sagt Janette spitz.
Anna wird rot. »Stimmt aber!«, ruft sie patzig.
»Jetzt aber dalli!« Plötzlich steht Frau Lindmann in der Tür des Umkleideraums. »Alle, die fertig sind, gehen schon mal in die Eingangshalle!« Energisch winkt sie Conni und ein paar andere Mädchen hinaus.
So ein Mist! Conni hätte Janette einiges zu sagen. Aber die schrubbt noch wie verrückt die Vampirschatten von ihrem Gesicht.
Schade eigentlich. Die stehen ihr doch so gut!

Connis Wangen glühen immer noch, als sie nach Hause kommt.
In der Küche duftet es nach leckerem Auflauf. Aber Janette hat ihr das letzte bisschen Appetit verdorben.
»Hallo, Conni! Wie geht es dir?« Mama streicht ihr zur Begrüßung über den Kopf. »Du hast ja Fieber!«, ruft sie. Es klingt beinah wie ein Vorwurf. So als hätte Conni längst nach Hause kommen müssen. Dabei hat sich Conni doch nichts lieber gewünscht als das!
»Möchtest du gleich ins Bett?«, fragt Mama mitfühlend.
Conni nickt. Erst jetzt merkt sie, wie schlecht es ihr geht. Ihr Kopf hämmert wie verrückt, die Augen brennen und ihr Hals ist so zusammengeschnürt, dass sie kaum mehr schlucken kann.
»Ich bring dir etwas zu essen hoch«, sagt Mama. »Und dann schläfst du ein bisschen!«
Conni schläft tatsächlich. Auch den Rest des Tages verbringt sie im Bett. Sie trinkt Kamillentee, lutscht Halsbonbons und fühlt sich schrecklich. Nur die Aussicht, morgen nicht zur Schule zu müssen, tröstet sie ein bisschen.

Als sie am nächsten Morgen aufwacht, schaut Oma zur Tür hinein.

»Ah, du bist wach!«, sagt sie und lächelt. »Die anderen sind schon alle unterwegs.«
Conni schaut zur Uhr. Es ist halb zehn! Die ganze Morgenhektik vor acht, wenn Papa ins Büro, Jakob in den Kindergarten und Mama in die Arztpraxis muss, hat sie zum Glück verschlafen.
Conni gähnt herzhaft. »Hallo, Oma! Schön, dass du da bist«, sagt sie und breitet die Arme aus.
»Wir können dich doch hier nicht alleine lassen«, lacht Oma und gibt Conni ein schallendes Küsschen auf die Stirn. »Möchtest du aufstehen oder im Bett frühstücken?«
»Im Bett!«
Bevor Oma in die Küche geht, schiebt sie die Vorhänge beiseite und öffnet das Fenster. Conni hört die Vögel singen und lässt sich die Sonne auf die Nase scheinen. Sie fühlt sich schon viel besser.
Die anderen haben nach der großen Pause zwei Stunden Mathe. Conni räkelt sich im Bett. So schön kann das Leben sein!
Oma hat für Conni extra Melone mitgebracht.
»Es gibt nichts Besseres, wenn man krank ist«, sagt sie. Und Oma hat Recht. Die Melone ist kühl und wässrig, genau das Richtige für einen trockenen, heißen Hals.
Oma setzt sich zu ihr ans Bett und schaut ihr beim Frühstück zu. »Wie geht es dir heute?«
»Schon besser«, meint Conni. »Ein bisschen wenigstens!«, ergänzt sie sicherheitshalber. Schließlich will sie nicht gleich morgen wieder zur Schule.

Oma fühlt ihre Stirn. »Ein bisschen Temperatur hast du aber noch«, sagt sie.
Umso besser, denkt Conni.
Während sie sich wäscht und die Zähne putzt, lüftet Oma das Bett und legt ihr einen frischen Schlafanzug raus.
Danach spielen sie »Stadt, Land, Fluss« und plaudern ein wenig.
»Wie gefällt es dir denn in der neuen Schule?«, fragt Oma plötzlich.
Conni schluckt. Sie hat keine große Lust, über die Schule zu reden.
Aber Oma lächelt sie aufmunternd an.
»Gar nicht«, antwortet Conni knapp. Sie wartet auf den üblichen Widerspruch. Aber der kommt nicht.
»Erzähl doch mal«, sagt Oma stattdessen.
Nach und nach berichtet Conni von Frau Lindmann und der grässlichen Janette.
Oma unterbricht sie nicht. Nicht ein einziges Mal. Sie hört einfach nur zu.
Conni merkt, wie gut es tut, sich alles einfach mal von der Seele zu reden. Als sie schließlich fertig ist, gibt Oma weder gut gemeinte Ratschläge noch versucht sie Connis Sorgen kleinzureden.
»Das tut mir aber leid, dass du dich in der neuen Klasse so gar nicht wohlfühlst«, sagt sie nur.
Beide schweigen eine Weile.
»Wenn du dir einen Lehrer wünschen dürftest, wie müsste der dann sein?«, fragt Oma schließlich.

»Wie Frau Reisig«, antwortet Conni prompt. »Oder wie du!«
»Wie ich?«, ruft Oma erstaunt. »Ich glaube nicht, dass ich eine gute Lehrerin wäre.«
»Wieso nicht?«, protestiert Conni. »Du bist klug, unheimlich nett, lachst gerne, bist gerecht. Und wenn du was erzählst, hört man gerne zu. Du bist die ideale Lehrerin!«
»So viele Komplimente an einem Tag! Vielen Dank«, lacht Oma. »Trotzdem weiß ich nicht, ob ich vor einer großen Klasse stehen könnte. Sich jeden Tag was Neues auszudenken, immer alle mitzureißen und zu motivieren, das ist harte Arbeit. Also, ich hab ganz schönen Respekt vor Lehrern. Guten Lehrern, meine ich.«
Conni überlegt kurz. Vielleicht hat Oma nicht ganz Unrecht.
»Aber für die Schüler ist es auch nicht einfach!«, sagt sie.
»Ich hab auch viel Respekt vor guten Schülern. Und insbesondere vor einer ganz bestimmten guten Schülerin«, ergänzt Oma und zwinkert ihr zu.

***

Oma kommt auch die nächsten Vormittage. Und wenn Mama, Papa und Jakob nach Hause kommen, hat sie das Mittagessen schon fertig.
Auch Opa kommt zum Essen.
»Ich muss ja nicht zweimal kochen«, lacht Oma.
Anschließend fahren die beiden zusammen nach Hause.
Schade, denn die Nachmittage ohne Oma sind deutlich langweiliger: Conni liest ein bisschen, döst, hört Musik,

schmust mit Kater Mau und spielt auch mal mit Jakob eine Runde »Schwarzer Peter«.
Wie gut, dass Anna vorbeischaut.
»Hi, Conni, wollte doch mal sehen, wie's dir geht«, meint sie.
»Ganz gut.« Conni hustet.
»Das klingt aber noch ziemlich gemeingefährlich«, sagt Anna. »Ich setz mich mal lieber hierhin!«
Und damit setzt sie sich auf Connis Drehstuhl am Schreibtisch. Weiter weg vom Bett geht es gar nicht.
Anna dreht sich mit dem Stuhl leicht hin und her. »Na, fällt dir denn gar nichts auf?«
Conni schaut Anna an. »O Mann, du hast ja eine neue Brille«, ruft sie. »He, die ist voll cool!«
»Ja, nicht!« Anna rückt ihre neue Brille zurecht, obwohl es gar nicht nötig ist. Ihre alte Brille ist ihr ständig die Nase runtergerutscht. Aber die hier sitzt.
»Ich hätte gar nicht gedacht, dass dir eine eckige Brille so gut steht«, staunt Conni.
»Ich auch nicht. Ich wollte wie immer eine ovale. Aber der Optiker hat gesagt, ich soll die einfach mal ausprobieren. Und bingo, das war's!«
Anna zupft an ihren roten Haaren. »Papa meint, mit der Brille sehe ich gleich viel älter aus.«
»Stimmt«, Conni nickt, »so drei, vier Tage ganz bestimmt!«
»Ach, du blöde Kuh!« Anna schnappt sich eine Packung Taschentücher vom Schreibtisch und wirft sie Conni lachend an den Kopf.

»He, ich bin krank!«, grinst Conni und schmeißt sie zurück.

Am nächsten Tag kommt Billi vorbei und bringt ihr eine Tüte Gummibonbons mit.
»Die mit den Vitaminen«, lacht sie. »Damit du schnell gesund wirst.«
»Ach, so eilig hab ich's damit gar nicht«, meint Conni.
»Nicht?« Billi reibt die Nase. »Du willst bestimmt wissen, was wir so in der Schule machen.«
»Ehrlich gesagt: nein!«
»Dann eben nicht.« Billi zuckt mit den Achseln.
»Na gut«, lenkt Conni ein. »Also erzähl schon. Mama nervt mich ja auch schon damit, dass ich alles nachholen soll.«
»Die Lehrer machen auch echt Stress.« Billi hat extra ihre Schulsachen mitgenommen. »Bei Englisch sind wir schon bei der zweiten Lektion. Am besten fangen wir aber erst mit Mathe an, da haben wir heute zwei neue Formeln gelernt«, meint sie. »Hol doch mal dein Buch raus.«
Seufzend kramt Conni das Mathebuch aus dem Rucksack. Jetzt ist man schon mal krank und die Schule holt einen trotzdem ein!

***

Am nächsten Tag hat Conni zwar immer noch eine dicke Erkältung, aber das Fieber ist fast weg.
»Nur noch leicht erhöhte Temperatur«, stellt Mama nach dem morgendlichen Messen fest. »Wenn wir Glück haben, kannst du in zwei, drei Tagen wieder zur Schule gehen!«

»Echt? Schon?«, fragt Conni gedehnt. Auch wenn es zu Hause noch so langweilig ist, bei dem Gedanken an die Schule wird es ihr sofort wieder schwummerig.
»Dusch doch heute mal und zieh dich an«, schlägt Mama vor. An der Zimmertür winkt sie ihr noch einmal zu. Sie muss in die Praxis.
»Au ja«, sagt Oma, die gerade die Treppe heraufkommt. »Dann kannst du mir später auch beim Kochen helfen!«
Um zwölf Uhr stehen die beiden in der Küche. Oma hat Blätterteig dabei, den Conni hauchdünn ausrollt. Sie machen heute Frühlingsrollen, selbst gefüllte. Und die duften so lecker, dass Conni es kaum abwarten kann, bis alle zum Essen da sind.
»Ich geh mal nach oben und halte Ausschau!«, erklärt sie Oma. Von ihrem Fenster aus kann sie die ganze Straße überblicken. Sie ist leer. Nur ganz hinten kommt jemand angeradelt.
Das ist ja Paul! Stimmt, die anderen hatten gerade Schulschluss.
Conni versucht Paul zuzuwinken, doch der guckt nur nach unten auf die Straße. Nanu, was macht er denn jetzt? Statt vor seinem Haus zu halten, fährt Paul einfach weiter: bis vor Connis Haustür.
»Er will mich besuchen«, murmelt Conni überrascht. Das ist ja supernett! Wahrscheinlich haben ihn Anna und Billi bequatscht, weil sie heute selber keine Zeit haben. Anna ist reiten und Billi hat ein Treffen vom Naturschutzbund. Trotzdem nett von Paul. In letzter Zeit war er sonst nur mit Mark zusammen und hat sie links liegenlassen. Conni war

schon ein bisschen sauer deswegen. Aber das spielt jetzt keine Rolle mehr. Schon läuft sie die Treppe hinunter, um Paul die Tür zu öffnen.

Komisch, dass er gar nicht klingelt.

Sie reißt die Haustür auf. Paul ist nicht da.

Conni schaut sich um. Merkwürdig!

Erst als sie wieder ins Haus geht, bemerkt sie den Brief, der drinnen auf der Türmatte liegt. »FÜR CONNI« steht in bunten Großbuchstaben darauf. Der Umschlag ist aus zusammengefaltetem Zeichenpapier. Paul muss ihn eben durch den Briefschlitz geworfen haben.

Ein Brief von Paul! Sofort reißt Conni ihn auf.

Aber der ist ja gar nicht von ihm, sondern von Anna und Billi! Paul war nur Postbote.

Neugierig überfliegt Conni die Zeilen:

Liebe Conni,

da wir heute nicht kommen können, ☹ dachten wir, dass du dich vielleicht über einen Brief von uns freust! ☺♡☺♡♡
Wie geht es dir? Wir hoffen du bist bald wieder ganz gesund. Ohne dich ist es echt öde! In der Schule gibt es nicht viel Neues, bis auf Janette... Die behauptet, du bist gar nicht krank. Sondern du kommst nicht mehr, weil du die Schule wechseln musst! Das Gymnasium ist angeblich zu schwer für dich. So ein Blödsinn!

Aber stell dir vor, die anderen glauben eher Janette als uns. Ist das nicht voll krass?!
Hoffentlich kommst du bald wieder!
Viele Grüße und gute Besserung!!!
Anna und Billi
PS: Morgen kommen wir dich beide besuchen!

Conni ist ganz blass. Was hat Janette da behauptet? Sie schafft das Gymnasium nicht? So eine miese Lüge!
Conni atmet tief durch. Dann packt sie ihren roten Lederrucksack. Denn eins ist klar: Sie muss morgen unbedingt wieder zur Schule!
Conni stellt sich ihren Wecker extra früh.
Fertig angezogen läuft sie die Treppen hinunter. »Guten Morgen!«
»Na, frühstückst du auch mal wieder mit uns?«, fragt Papa hinter seiner Zeitung.
»Ja.« Conni nickt. »Schließlich gehe ich heute wieder in die Schule«, sagt sie so beiläufig wie möglich.
»Da müssen wir aber erst Fieber messen«, meint Mama.
»Hab ich schon gemacht«, behauptet Conni. »36,8!«
»Mmmh«, murmelt Mama nachdenklich. »Trotzdem wäre es mir lieber, wenn du dich heute noch schonst und zu Hause bleibst.«
»Ach, Mama!«, bettelt Conni.
Papa guckt hinter seiner Zeitung hervor. »Na, wenn sie unbedingt will.«

Conni atmet auf. Jetzt ist der Kampf schon halb gewonnen.
»Je mehr ich fehle, desto mehr versäume ich!« Sie wiederholt einfach, was Mama ihr in den letzten Tagen immer wieder unter die Nase gerieben hat.
»Ich möchte ja nur nicht, dass du gleich wieder krank wirst«, sagt Mama.
»Conni kann sich ja auch in der Schule schonen«, behauptet Papa einfach. »Ich fahr sie auch hin!«
»Na gut.« Mama gibt sich geschlagen. »Lass es langsam angehen, hörst du!«, mahnt sie zum Abschied.
»Klar doch«, verspricht Conni und strahlt. Hätte ihr vor zwei Tagen jemand gesagt, dass sie unbedingt wieder zur Schule will, sie hätte ihn für verrückt erklärt!

Als Conni ins Klassenzimmer kommt, schaut sie sich als Erstes nach Janette um. Sie hat diesen messerscharfen Mörderblick heute früh vor dem Spiegel geübt. Aber die blöde Ziege ist natürlich noch gar nicht da. Also funkelt sie Saskia an, die Conni dämlich anstarrt. Überhaupt gucken Conni alle so merkwürdig an.
Zumindest freuen sich Anna und Billi, dass sie wieder gesund ist.
»Hast du unseren Brief bekommen?«, fragt Anna.
»Was meinst du, warum ich heute hier bin?«, antwortet Conni düster.
»Ist das nicht oberfies?«, regt sich Billi auf.
»Allerdings!« Conni dreht sich zu Janette um, die inzwischen gekommen ist. Sie würdigt Conni keines Blickes.

»Ich werde dieser Giftschlange …« Conni kommt nicht weiter. Ein heiseres »Good morning!« durchschneidet das Klassenzimmer. Mit einem Ruck setzt sich Conni gerade hin.
»Good morning, Mrs Lindmann!«, antwortet sie mit den anderen im Chor. Eigentlich müsste Frau Lindmann mit dieser einstimmigen Begrüßung ganz zufrieden sein, doch stattdessen zieht sie ärgerlich ihre Augenbrauen zusammen.
»Man könnte meinen, ihr seid erst gestern eingeschult worden!«, sagt sie plötzlich und hebt Connis Lesebuch mit spitzen Fingern hoch. »Hat euch denn in den ersten vier Jahren niemand beigebracht, dass man Schulbücher einschlägt?«
Conni wird knallrot. Warum muss sie ausgerechnet ihr Buch hochhalten? Billis Bücher sind schließlich auch nicht eingeschlagen! Conni wirft einen Seitenblick zu Janette hinüber, die sie höhnisch angrinst. Ihre Bücher stecken in nagelneuen Klarsichthüllen. Mist!
Frau Lindmann lässt Connis Buch mit spitzen Fingern auf den Tisch zurückgleiten. »Um jedes Schulbuch gehört ein Schutzumschlag«, sagt sie streng. »Morgen sind alle Bücher eingeschlagen. Und sagt mir nicht, ihr habt kein Papier zu Hause. Irgendetwas ist immer da. Von mir aus könnt ihr auch Zeitungspapier nehmen.«
Frau Lindmann reckt ihren faltigen Drachenhals nach vorne. »So, ich hoffe, ihr habt eure Vokabeln gelernt!«
»Was denn für Vokabeln?«, raunt Conni Billi zu.
Billi tippt auf die aufgeschlagene Seite ihres Englischbuches.

»Was? Ihr seid schon bei Lektion 3«, flüstert Conni aufgeregt. Vielleicht etwas zu laut …
»Ach, Conni, komm doch mal bitte an die Tafel«, sagt Frau Lindmann prompt.
Conni fährt erschrocken zusammen. »Ich?«, fragt sie ungläubig.
»Ich wüsste nicht, wer hier sonst Conni heißt«, knurrt Frau Lindmann. Dann nickt sie noch einem Mädchen aus der dritten Reihe zu. »Und du, Lilo, kommst bitte auch nach vorne!«
Conni steht zögernd auf. Was hat Frau Lindmann bloß mit ihr vor? Bestimmt nichts Gutes.
Auch Lilo sieht nicht gerade glücklich aus.
»Ihr anderen schlagt eure Hefte auf. Wir schreiben jetzt unseren ersten Vokabeltest. Das machen wir ab jetzt jede Woche. Immer zwei von euch kommen an die Tafel und werden benotet.«
Conni stutzt. Ein Vokabeltest? Und da wird sie an die Tafel gerufen? Frau Lindmann muss ganz vergessen haben, dass sie die letzten Tage krank war.
Sie hebt den Arm und meldet sich. Das hat natürlich nicht viel Sinn, weil Conni hinter Frau Lindmann an der Tafel steht. Also schnipst sie energisch mit den Fingern. Frau Lindmann wirbelt herum. Schnipsen kann sie nicht leiden.
»Ich war doch krank bis heute!« Conni versucht zu erklären, warum sie hier vorne an der Tafel völlig fehl am Platz ist.
»Na und?«, fragt Frau Lindmann zurück.

»Woher soll ich dann wissen, dass wir Vokabeln lernen sollten?«

»Das ist deine Sache. Da musst du eben deine Klassenkameraden anrufen und fragen, was wir machen.«

Frau Lindmann dreht sich zur Klasse um. »Das gilt übrigens für alle: Wer krank ist, muss sehen, dass er alles nachholt. Man kann auch im Bett lernen!«

In der Klasse ist es ganz leise. Man hört nur Janettes mühsam unterdrücktes Kichern.

»Ich weiß nicht, was daran lustig ist«, sagt Frau Lindmann. »Schluderei könnt ihr euch auf dem Gymnasium nicht leisten. Keiner von euch!«

Zum Zeichen, dass nun die Diskussion vorbei ist, räuspert sie sich kurz. »Bitte die Hefte aufschlagen«, wiederholt sie. »Und ihr beiden klappt die Tafel auf und stellt euch dahinter. Schließlich sollen nicht alle eure Fehler abschreiben!«

Dann legt Frau Lindmann los. Es sind ausschließlich die Vokabeln der neuen Lektion. Die müssen aus dem Deutschen ins Englische übersetzt werden. Da hat Conni keine Chance. Vom Englischen ins Deutsche hätte sie vielleicht ja noch ein bisschen raten können.

Mit weichen Beinen steht sie hinter der Tafel, ein Stück Kreide in der Hand, während Frau Lindmann eine Vokabel nach der anderen nennt. Conni weiß keine einzige. Woher auch? Die Kreide zerbröselt langsam in ihren feuchten Fingern. Connis Herz rast wie verrückt. In ihrem Kopf ist nur ein leeres, schwarzes Loch. Genauso schwarz und leer wie die Tafel vor ihr.

Warum musste sie heute unbedingt schon zur Schule gehen? Sie hätte doch so gut zu Hause bleiben können! Ist sie völlig verrückt geworden?
»Tafeln umklappen«, befiehlt Frau Lindmann.
Conni würde lieber vom Tausendmeterbrett springen, mit einer Rakete zum Mars fliegen oder ihr Zimmer aufräumen, als die leere Tafel umzuklappen. Aber was bleibt ihr anderes übrig?
Als sie die Tafel schließlich doch nach vorne klappt, ist es plötzlich totenstill in der Klasse. Anna und Billi starren Conni erschrocken an. Selbst Frau Lindmann scheint es für einen Moment die Sprache verschlagen zu haben.
Dann zückt sie ihr rotes Notenbüchlein. »Tja, Conni, das ist eine glatte Sechs. Das wirst du sicher einsehen«, sagt sie erstaunlich ruhig.
»Eine Sechs?« Conni schießen die Tränen in die Augen.
Frau Lindmann seufzt. »Gut, ich werde sie mit Bleistift eintragen. Wenn das hier wirklich nur ein Ausrutscher war, kann ich es später wegradieren.«
Conni versucht ihre Tränen zurückzuhalten. Es fehlt nur noch, dass sie vor der ganzen Klasse losheult.
»Aber wenn du das nächste Mal fehlst«, sagt Frau Lindmann eindringlich, »erkundigst du dich bitte vorher bei deinen Klassenkameraden, was wir durchgenommen haben. Und nach den Hausaufgaben natürlich!«
Conni wankt auf ihren Platz zurück. Sie kann es noch gar nicht fassen: eine Sechs. Die erste Sechs ihres Lebens!
Conni möchte nur noch sterben. Und zwar auf der Stelle!

Conni rast mit ihrem Fahrrad los. Sie weiß gar nicht, wie sie die restlichen Stunden überlebt hat. Wie betäubt hat sie auf ihrem Platz gesessen und nur noch darauf gewartet, endlich nach Hause zu können. Zum Glück hat kein Lehrer sich getraut sie anzusprechen. Sogar Anna und Billi haben schließlich kapiert, dass sie nur eins will: ihre Ruhe! Denn sie hat absolut keine Lust, über diese grauenhafte Sechser-Katastrophe zu sprechen. Mit niemandem!

Abrupt hört Conni auf zu treten. Und was ist mit Mama und Papa?

Sie lässt sich ausrollen und bleibt schließlich mitten auf dem Fahrradweg stehen.

»Du spinnst wohl!« Wütend klingelnd kurvt ein Rennradfahrer an ihr vorbei. Doch Conni ist mit ihren Gedanken ganz woanders. Sie muss ihnen doch sagen, dass sie eine Sechs hat! Oder etwa nicht?

Wie in Zeitlupe fährt sie weiter, biegt in den kleinen Park ein und stoppt schließlich am Entensee. Unter den langen Zweigen der Trauerweide ist ein prima Versteck. Dort kann sie ganz in Ruhe nachdenken, bevor sie nach Hause fährt.

Was, wenn sie Mama und Papa gar nichts erzählt? Nichts erzählen ist ja keine Lüge, oder? Conni schluckt. Irgendwie hat sie kein gutes Gefühl dabei. Aber zuzugeben, dass sie eine Sechs hat, ist ebenso höllisch! Höllisch peinlich.

Was soll sie nur machen?
Das Schlimmste wäre, wenn sie es verheimlicht und Mama und Papa es dann von jemand anderem erfahren. Sie überlegt. Aber wer sollte ihnen das sagen?
Natürlich Frau Lindmann! Warum sollte sie nicht bei ihnen zu Hause anrufen? Zuzutrauen wäre es ihr. Conni kann es sich richtig vorstellen: »Frau Klawitter, ich möchte mit Ihnen gern mal über Ihre Tochter reden. Sie hat Ihnen doch sicher schon gesagt, dass sie heute eine Sechs bekommen hat. WAS? HAT SIE NICHT???«
Connis Magen krampft sich zusammen. Und dann fällt ihr ein, was Frau Lindmann gleich in der ersten Stunde zu ihnen gesagt hat: »Wenn ihr meint, ihr habt es schon geschafft, nur weil ihr jetzt aufs Gymnasium geht, dann täuscht ihr euch. Es muss sich erst zeigen, ob ihr dafür wirklich gut genug seid.«
Conni wird ganz schwindelig. Klar, wegen einer Sechs fliegt man nicht von der Schule. Aber was, wenn Frau Lindmann sie jetzt auf dem Kieker hat? Und ihr immer wieder schlechte Noten reindrückt? Dann könnte es brenzlig werden. Immerhin haben sie jede Menge Fächer bei ihr …
Conni schüttelt sich. Dabei will sie doch Tierärztin werden. Und dafür braucht man gute Noten!
Sie starrt in den Entensee wie in eine Kristallkugel, durch die man in die Zukunft blicken kann. Und plötzlich sieht sie sich – ein paar Jahre älter – auf den Knien durchs Bahnhofsklo rutschen. Die Haare fallen ihr strähnig ins Gesicht, als sie mit einer winzigen Zahnbürste den Fußboden

schrubbt. Sie schubbert und scheuert. Doch die Fliesen werden und werden nicht sauber! Janette stolziert herein, mit hohen Schuhen und kleinem Handtäschchen. Als sie Conni sieht, führt sie laut kreischend einen Freudentanz auf. Wie Rumpelstilzchen persönlich!
Conni schreit entsetzt auf. Das Bild im Ententeich verschwimmt im trüben Wasser. Conni schüttelt sich. Janette, diese verfluchte Schleimschlange! Eigentlich ist alles ihre Schuld: Hätte sie nicht so einen Müll erzählt, wäre Conni heute sicher noch nicht in die Schule gegangen. Dann hätte sie auch den Test nicht schreiben können und keine Sechs bekommen! Verdammt!
Und jetzt? Sie muss einfach beweisen, dass sie keine Verliererin ist. Und wenn es heißt zu lernen, bis der Kopf raucht. Entschlossen steigt Conni aufs Fahrrad. Klar wird sie Tierärztin. Basta!
Vor der Haustür zögert sie einen Moment. Es hat keinen Zweck, Mama und Papa etwas vorzumachen. Also kann sie es ihnen auch gleich sagen. Conni holt tief Luft und schließt die Tür auf. Ihre Eltern sitzen mit Jakob schon im Esszimmer.
»Conni, bist du das?«, ruft Mama in den Flur hinaus.
»Ja«, krächzt Conni. Ihre ganze Entschlossenheit ist plötzlich wie weggefegt.
»Du bist heute aber spät!«, ruft Mama. »Bring gleich deinen Teller mit, der steht noch in der Küche!«
Conni schlurft in die Küche und holt sich ihr Essen.
Als sie ins Esszimmer kommt, springt Mama sofort auf. »Was ist denn mit dir los? Ist was passiert?«

»Conni!« Papa hat seine Gabel fallen lassen. Er und Jakob starren sie mit offenem Mund an.
»Ich muss euch was sagen«, stammelt sie.
»Ja, was denn?«, flüstert Mama. Schon ist sie bei ihr, nimmt sie in den Arm und drückt sie fest an sich. Das ist zu viel für Conni. Sie heult los, als hätte jemand zwei Rasensprenger angestellt.
»Ich … ich«, schluchzt sie, doch weiter kommt sie einfach nicht. Wie eine Ertrinkende schnappt sie immer wieder nach Luft, bis schließlich alle Tränen rausgeweint sind.
Sie schluckt und schluckt. »Ich habe eine Sechs!«, würgt sie schließlich hervor.
»Eine Sechs? Worin denn? Ihr habt doch noch gar keine Klassenarbeit geschrieben, oder?«, fragt Mama verwirrt.
Conni schnieft. »Im Vokabeltest!«
»Eine Sechs im Vokabeltest.« Papa schnalzt mit der Zunge.
»Das ist doch halb so schlimm!«
Auch Mama lacht erleichtert auf. »Ist das alles?«
»Frau Lindmann hat mich an die Tafel geholt, obwohl ich bis heute krank war!«
»Na ja, dann lernst du beim nächsten Mal die Vokabeln umso gründlicher«, meint Papa. »Und gleichst alles wieder aus!«
Mama nimmt Conni noch mal in den Arm. Conni seufzt.
»Jetzt iss erst mal«, rät Papa. »Dann geht es dir gleich viel besser.« Er nimmt Connis Teller. »Ich schieb das mal eben

in die Mikrowelle«, meint er. »Es ist ja schon ganz kalt geworden.«
Conni fehlen die Worte. Sollte das wirklich alles gewesen sein?
Jakob hat völlig fasziniert das ganze Theater verfolgt. Nur die Pointe ist ihm noch nicht ganz klar. »Ist eine Sechs jetzt schlimm oder nicht?«, fragt er tiefsinnig.
Mama überlegt einen kurzen Moment. »Im Vokabeltest nicht besonders«, sagt sie und wirft Conni einen Blick zu. »Zumindest, wenn man nicht dauernd eine hat!«
Damit ist die Sache für Connis Eltern erledigt.
Conni isst alleine. Papa musste dringend wieder ins Büro. Mama macht sich in der Küche zu schaffen und Jakob spielt mit seinen Legorittern.
Automatisch kaut sie Bissen für Bissen. Eine Sechs im Vokabeltest – halb so schlimm? Einerseits ist Conni natürlich erleichtert, aber andererseits … Mama und Papa haben gut reden, denkt sie. Die müssen ja morgen auch nicht in die Schule gehen und Janettes höhnisches Grinsen ertragen. Und die Blicke der anderen, die Conni spätestens seit heute für den letzten Idioten halten.
Sie bringt den Teller in die Küche und verkriecht sich in ihr Zimmer.
Und jetzt? Hausaufgaben? Missmutig setzt sich Conni an die Matheaufgaben. Dann muss sie noch die Bücher einschlagen. Conni hat nicht die geringste Lust dazu. Aber wie sie Frau Lindmann kennt, wird sie morgen durch die Reihen patrouillieren, um alle Bücher zu kontrollieren.

Also plündert Conni Mamas Geschenkpapiervorräte, die sie oben im Küchenschrank aufbewahrt. Viel ist nicht da. Die Deutsch- und Biobücher kommen in leuchtend rotes Glanzpapier. Ein Rest Rennwagenpapier von Jakobs Geburtstag reicht gerade für das Mathebuch. Dann ist die Tüte leer. Ausgerechnet die Englischbücher sind noch nicht eingeschlagen.
Muss sie jetzt etwa Papier kaufen gehen? Conni überlegt. Hat der Lindwurm nicht was von Zeitungspapier gesagt? Sie fischt eine Zeitung aus dem Altpapier. Etwas Besseres verdienen die Englischbücher sowieso nicht. Conni blättert ein bisschen. Vielleicht findet sich ja eine passende Seite, mit einem Foto von der Queen oder …
Aber nein, das ist ja noch viel besser! Conni grinst. Sie hat genau die richtige Seite gefunden! Sorgsam schlägt sie die Englischbücher ein und verstaut sie zufrieden in ihrem roten Rucksack. Frau Lindmann wird in Ohnmacht fallen!

In der Nacht wird Conni noch einmal wach. Ob sie die Bücher nicht doch noch anders einschlagen soll? Nein. Soll die Lindmann doch ruhig sehen, was Conni von ihrem Englischunterricht hält!

***

»Schau mal, ich habe extraschönes Papier für meine Bücher gekauft«, begrüßt Anna sie in der Schule. Von den Büchern starren Conni lauter große, treue Hundeaugen an. »Die sind doch fast so süß wie Nicki!«, sagt Anna verträumt.
»Ja, aber nur fast«, murmelt Conni.

Anna strahlt. Ihr Hund ist natürlich ohne Konkurrenz.
»Zeig mal deine Bücher, Billi!«, meint sie.
»Mama hat mir gleich fertige Buchumschläge gekauft«, gesteht Billi. Alle ihre Bücher stecken in Klarsichtfolien.
»Los, Conni, jetzt zeig du mal!«
»Einfach nur rot, auch nicht schlecht«, meint Anna.
Conni hat nämlich eins ihrer roten Bücher ganz oben auf den Stapel mit den Englischbüchern gelegt, um das Zeitungspapier ein bisschen zu verstecken.
Aber Billi zieht natürlich gleich eins davon heraus. »Hast du wirklich Zeitungspapier genommen?«, fragt sie, dann stockt sie. »Conni!«, ruft sie erschrocken.
»He, das ist ja cool!«, dröhnt es plötzlich aus der nächsten Reihe. Und schon schnappt sich Mark Connis Buch. »Todesanzeigen! Wollen wir nicht alle unsere Lindmann-Bücher darin einschlagen?«
Billi schüttelt den Kopf. »So schlimm ist die Lindmann nun auch wieder nicht.«
»Was?«, ruft Conni. Hat sie richtig gehört?
»Bei der lernt man wenigstens was«, meint Billi.
Conni kann es nicht fassen. »Du findest sie nicht schlimm? Nach allem, was sie mir angetan hat? Diesem ultrafiesen Vokabeltest?«
»Ich glaube, die Lindmann wollte damit nur ein für alle Mal klarstellen, dass wir alles nachholen müssen, wenn wir mal krank sind«, meint Billi ruhig. »Du hast eben Pech gehabt, weil du als Erste krank warst!«
Conni schnappt nach Luft. »Pech gehabt!«, zischt sie. »Das war kein Pech! Das war hundsgemein, hinterhältig und

oberfies! Diesen Drachen nimmst du in Schutz? Du bist echt eine tolle Freundin!«

Weiter kommt Conni nicht. Frau Lindmann betritt das Klassenzimmer. Wütend rückt Conni mit ihrem Stuhl, so weit es eben geht, von Billi weg. Dann schiebt sie ihre Englischbücher schnell noch so hin, dass Frau Lindmann die Todesanzeigen auf den Umschlägen direkt ins Auge springen müssen. Soll sie doch Theater machen! Aber den Gefallen tut ihr Frau Lindmann nicht. Die schwarz umrandeten Kreuze auf Connis Büchern scheinen ihr nicht aufzufallen.

Liebenswürdig wie selten begrüßt sie die Klasse. »Ich habe eine Überraschung für euch!«, verkündet sie und zeigt ihre kleinen, spitzen Zähne. »Damit wir uns alle besser kennenlernen, fahren wir auf Klassenfahrt. Und zwar schon bald!«

Alle jubeln los. Nur Conni nicht. Ihr wird ganz schlecht. Eine Klassenfahrt? Mit dieser Klasse? Sie jedenfalls hat nicht das geringste Interesse, hier irgendjemanden besser kennenzulernen.

»Wir fahren nach Sylt«, erzählt Frau Lindmann bedeutungsschwanger.

»Nach Sylt! Geil! Da war ich schon mal!«, kreischt Janette.

»Eine ganze Woche an der Nordseeküste.« Frau Lindmann spricht einfach weiter. »Was meint ihr, was es da alles zu entdecken gibt!«

»Wir fahren ans Meer!« Billi rammt Conni vor Begeisterung ihren Ellbogen in die Seite.

Conni wirft ihr einen finsteren Blick zu. Klar, dass sie sich freut, wo sie doch die Lindmann so toll findet!
Aber auch Anna fällt ihr in den Rücken. »Eine Woche keine Schule!«, flüstert sie ihr aufgeregt zu und strahlt.
Du meinst wohl: nur noch Schule, denkt Conni grimmig. Jede einzelne Schulstunde in dieser Horrorklasse ist Conni schon zu viel und jetzt soll sie eine ganze Woche Tag und Nacht mit denen zusammenhängen! Nicht auszudenken!
Statt Englisch zu machen, spricht Frau Lindmann von Seevögeln, Gezeiten, Erosion und Hochwasserschutz. Alles Themen, über die vor und während der Fahrt Referate gehalten werden sollen. »Denn eine Klassenfahrt ist kein Urlaub«, betont Frau Lindmann. »Keine Fernreise, sondern eine Lernreise!«
Conni bekommt von alldem kaum etwas mit. In ihrem Kopf hämmert es: eine Klassenfahrt. Mit dem Lindwurm. Etwas Schlimmeres gibt es doch gar nicht! Dagegen ist selbst eine Sechs noch harmlos …

Wie um Himmels willen schwänzt man eine Klassenfahrt? Nervös tigert Conni in ihrem Zimmer hin und her. Das ist kein einfaches Problem. Da muss man mit System vorgehen. Entschlossen schiebt sie ihr Haargummi zurecht, schnappt sich Papier und Stift und wirft sich aufs Bett. Sie macht eine Liste. Der beste Weg, Probleme zu lösen: erst einmal alle Ideen aufschreiben. Alle – ohne groß nachzudenken. Überlegt wird später. Ein Punkt nach dem anderen wird geprüft, bis das Beste übrig bleibt.
Also dann! Conni holt tief Luft und schreibt los:

Wie schwänzt man eine Klassenfahrt?
- *nach Australien auswandern*
- *eine Woche in die Kanalisation abtauchen*
- *unheilbare Klassenfahrtallergie vorschieben*
- *den Bus verpassen*
- *krank werden*

Mehr fällt Conni beim besten Willen nicht ein. Nach und nach geht sie alle Punkte durch.
Nach Australien auswandern – ist der Flug nicht ein bisschen teuer? Und wegen einer blöden Klassenfahrt für immer auf Mama, Papa, Jakob und Kater Mau verzichten? Nein!

Eine Woche in die Kanalisation abtauchen – stinkt zu sehr!
Eine unheilbare Klassenfahrtallergie vorschieben – nicht schlecht. Aber wenn man eine Ärztin zur Mutter hat, kann man das vergessen. Unmöglich etwas vorzutäuschen – egal ob Krankheit oder Allergie.
Bus verpassen – wenn sie den Bus verpasst, der die Klasse zum Bahnhof fährt, verpasst sie auch den Zug. Dann muss sie zu Hause bleiben! Ein genialer Plan. – Aber werden Mama und Papa nicht alles tun, um sie doch noch pünktlich zum Bus zu schleifen? Zur Not ungewaschen im Schlafanzug … Und sollte Conni die Bahn wirklich verpassen, dann werden Mama und Papa sie doch einfach in den nächsten Zug setzen oder höchstpersönlich nach Sylt kutschieren. Schließlich wollen die beiden ja unbedingt, dass sie mitfährt. Da bleibt nur noch:
krank werden. Conni überlegt. Das heißt wirklich krank. Nicht nur vorgetäuscht. Und zwar genau zum richtigen Zeitpunkt. Nicht dass sie bis zur Abreise wieder gesund wird! Am besten ein paar Tage vor Abfahrt. Conni rollt sich aus dem Bett. Kein einfacher Plan, aber ihre letzte Möglichkeit, dieser Höllenfahrt zu entgehen. Conni ist wild entschlossen: Irgendwie muss es klappen. Man muss nur ein bisschen nachhelfen …

***

Die Tage bis zur Reise vergehen viel zu schnell. Längst läuft der Countdown: nur noch fünf Tage bis zur Abfahrt. Jetzt wird es ernst.

Wieder einmal haben sie Schwimmen bei Frau Lindmann. Und es ist wie verhext: Seitdem Conni krank war, sind sie nicht mehr gesprungen. Dabei hofft Conni jedes Mal, dass sie Janette beweisen kann, dass ein Sprung vom Dreier nun wirklich kein Problem für sie ist. Aber Frau Lindmann tut, als wären die Sprungtürme über Nacht abgesägt worden. Sie tauchen, machen Rettungsschwimmen, üben Brust- und Rückenschwimmen. Aber Springen? Nein! Als ob sich Frau Lindmann und Janette gemeinsam gegen sie verbündet hätten. Ein Grund mehr, nicht auf Klassenfahrt zu gehen!

Und so startet Conni ihren ersten Versuch: Nach dem Schwimmen duscht sie extra kalt und fährt mit klatschnassen Haaren nach Hause. Eine erstklassige Methode, um sich so richtig schön zu erkälten. Allerdings nicht unbedingt im Sommer. Bei 27 Grad und Sonnenschein sind Connis Haare im Nu trocken. Von Erkältung keine Spur.

Da bleibt nur noch Plan b: Sie muss sich irgendwo anstecken. Für Conni kein Problem: Denn wo könnte man das besser als beim Kinderarzt?

»Ich hab heute nach der Fünften frei. Da kann ich dich doch mal aus der Praxis abholen«, schlägt sie Mama am Dienstag vor.

»Aber gerne«, lacht Mama. »Wie komme ich zu der Ehre?«

Conni zuckt unschuldig mit den Schultern. »Ganz normaler Tochterservice«, meint sie charmant.

Doch als sie um kurz vor eins bei Dr. Neumann ankommt, ist das Wartezimmer fast leer.

Frau Lose winkt ihr vom Empfang aus zu. »Hallo, Conni! Wir haben nur noch zwei Impfungen«, sagt die Sprechstundenhilfe fröhlich. »Deine Mutter ist bestimmt gleich fertig!«
Conni lässt sich auf einen der Stühle fallen. Impfen kann man nur kerngesunde Kinder. Wie soll sie sich da anstecken? So was Bescheuertes! Hat sich denn alles gegen sie verschworen?
Jetzt bleiben nur noch drei Tage. Morgen hat sie lange Schule. Sie kann also nur am Donnerstag Mama noch einmal von der Praxis abholen. Conni rechnet: Dann wird sie Freitag krank und braucht am Samstag nicht mit. Das perfekte Timing!

Am Donnerstag denkt Conni in der Schule an nichts anderes. Diesmal muss es irgendwie hinhauen.
»Hallo, Conni!« Frau Lose begrüßt sie am Tresen. »Heute musst du ein bisschen warten«, meint sie. »Uns ist ein Keuchhusten dazwischengekommen.«
»Ist er noch da?«, fragt Conni aufgeregt. Keuchhusten ist erstklassig. Genau das, was sie braucht. Also, nichts wie her mit den Bazillen!
»Wer?«
»Der Junge mit dem Keuchhusten?«, fragt Conni ungeduldig.
»Ach, das Mädchen?« Frau Lose sortiert die Patientenkarten. »Nein.«
»Womit hat sie denn gespielt?«, will Conni wissen. Zur Not muss sie eben jeden Bauklotz einzeln abschlecken.

»Doktor Neumann ist schnell hingefahren, damit sich niemand ansteckt. Und deine Mutter hat seine Patienten übernommen. Hier warten noch zwei Kleine auf die U4. Du weißt ja, das dauert.«

Jetzt gibt es schon mal einen Keuchhustenfall und dann das! Conni stapft ins Wartezimmer. Grimmig blinzelt sie die beiden Babys an. Warum können die nicht Bronchitis haben? Das haben die doch sonst auch dauernd. Die Babys zappeln auf dem Schoß ihrer Mütter herum. Als drinnen ein drittes zu schreien beginnt, greinen die beiden auch los. Conni könnte gleich mitheulen, so elend ist ihr zu Mute. Doch sie reißt sich zusammen.

Jetzt ist endlich das letzte Baby an der Reihe. Mama muss bald fertig sein. Gelangweilt blättert Conni in einem der Bilderbücher, als die Praxistür aufgerissen wird. Eine aufgeregte Mutter schiebt ihren blassen Sohn ins Empfangszimmer.

»Wir haben keinen Termin! Das ist ein Notfall!«, hört Conni noch.

Vielleicht ja eine Sommergrippe. Oder Angina, Scharlach, Flöhe oder Krätze: Conni ist es ganz egal. Nur was Ansteckendes muss es sein!

Kaum kommt der Junge ins Wartezimmer, stürzt sich Conni auf ihn und packt ihn an der Schulter. Küssen wäre am besten, aber sie hält sich gerade noch so zurück. »Oh, was hast du denn?«, fragt sie so mitleidig wie möglich.

Erschrocken weicht der Junge einen Schritt zurück. »Beim Sport den Finger verstaucht«, murmelt er und verkriecht sich in die hinterste Ecke.

Finger verstaucht! Kann denn hier keiner mal vernünftig krank werden?
Jetzt gibt es keine Rettung mehr! Conni wird ganz schlecht, wenn sie an Samstag denkt! Mist! Mist! MIST!

***

Samstag! Den Wecker heimlich ausstellen, die Haare in Zeitlupe waschen, Kater Mau füttern, mit Jakob streiten, das Lieblings-T-Shirt verstecken und nicht wiederfinden, angesägte Schnürsenkel abreißen: Conni trödelt, so gut sie kann. Aber anscheinend nicht gut genug. Für Mama hängt die Welt davon ab, dass sie pünktlich am Bus sind. Und sie gewinnt den Wettkampf: Sie stopft ihre Tochter mit feuchten Haaren, offenen Schuhen und einem potthässlichen Ersatz-T-Shirt ins Auto und karrt sie zur Schule. Gerade erst fährt der Bus vor, der alle zum Bahnhof bringen soll. Es bleibt sogar noch Zeit für ein Foto. Was für eine Niederlage! 6:0 für Mama Klawitter. Bravo!
Jetzt geht alles unaufhaltsam seinen Gang: Um halb elf sind sie am Bahnhof. Wenig später sitzt Conni zwischen Anna und Billi im Zug. Eingekeilt auf einer Zweierbank, weil die Viererplätze an den Tischen schon besetzt sind. Natürlich unter anderem von Janette und ihren beiden blonden Schatten.
»Geht doch! Ist gar nicht so unbequem«, meint Anna zufrieden. »Du sitzt ja auch nicht auf der Ritze, mit der Armlehne im Rücken«, mault Conni. »In zwanzig Minuten tauschen wir. Spätestens!«
»Frau Lindmann hat versprochen, dass wir ins Aquarium

gehen. Das soll ganz toll sein«, schwärmt Billi. »Mit Haien und so!«
»Echt?«, fragt Anna, die eigentlich nur was für Pferde und Hunde übrighat. »Ich glaube, das wird supertoll!«
Conni verdreht die Augen.
Anna stößt ihr den Arm in die Rippen. »Was ist denn bloß los mit dir? Früher bist du doch auch gern auf Klassenfahrt gegangen!«
»Früher«, sagt Conni finster, »mit Frau Reisig …«
Billis Augen funkeln. »Wisst ihr noch, die Tropfsteinhöhle? Das war so ziemlich das größte Abenteuer meines Lebens. Und was meint ihr, was man am Meer so alles erleben kann!«
»Ganz so spannend muss es gar nicht werden«, sagt Anna gedehnt. Sie legt keinen Wert darauf, sich noch einmal in einer finsteren Höhle zu verlaufen. Immer noch bekommt sie eine Gänsehaut, wenn sie nur daran denkt. »Was habt ihr denn zu essen dabei?«, fragt sie, um schnell das Thema zu wechseln.
»Tomatenbrot, Gurke, Apfel …«, fängt Billi an aufzuzählen.
»Zum Naschen, meine ich!« Anna zieht aus ihrem Rucksack eine riesige Tafel Schokolade. »Wollt ihr auch welche?«
Was für eine Frage! Conni grinst. »Los, her damit! Das ist der erste Lichtblick heute.«
Anna bricht für jeden einen Riegel ab. Und gleich danach noch einen. »Mama meint, die soll für eine Woche reichen!«, lacht sie. Alle drei prusten los.
Conni reibt sich die Schokoladenhände an der Hose ab.

»Sagt mal, wer sitzt da eigentlich neben dem Lindwurm?«, fragt sie.
»Das ist die Referendarin«, sagt Anna. »Die Lindmann hat doch erzählt, dass noch jemand mitkommt.«
»Sie heißt Frau Stern und ist total nett«, schwärmt Billi.
»Und woher weißt du das?«, fragt Conni erstaunt.
»Wir waren heute beide viel zu früh da. Also haben wir uns ein bisschen unterhalten. Sie hat auf unserer Schule gerade erst angefangen. Sie unterrichtet Kunst und Chemie.«
»Komische Mischung«, lacht Conni. Nachdenklich zieht sie dann ihr Haargummi fest. »Wenn sie so nett ist, kann sie einem ja leidtun.«
»Wieso?«, fragt Billi.
»Weil sie mit so einem Drachen auf Klassenfahrt gehen muss.«
»Aber umso besser für uns«, meint Anna.
Billi hat noch Appetit. »Ich hab Gummibärchen mit!«, sagt sie und springt auf, um die Tüte aus ihrem karierten Koffer zu holen. Sie hat ihn vorne im Gepäckfach verstaut.
Als sie an den Tischen vorbeikommt, zupft Janette sie am Ärmel.
»Sag mal, Kleine, hast du eigentlich nur die eine Hose oder hast du zu Hause gleich drei davon?«
Saskia und Ariane kichern. Die orange-schwarze Tigerhose trägt Billi fast täglich. Es ist eben ihre absolute Lieblingshose.
»Na ja«, Janette wartet erst gar nicht auf eine Antwort von Billi, »Hauptsache, du hast deine Fahrkarte dabei!«
»Meine Fahrkarte?«, platzt Billi heraus. »Wieso?«

»Weil dahinten schon der Kontrolleur kommt. Der lässt dich gar nicht durch ohne Fahrschein!«
Billi stutzt. »Habt ihr denn Fahrkarten?«
»Klar«, sagt Janette.
Und ihre Freundinnen grinsen frech. »Du etwa nicht?«
»Nee«, druckst Billi herum.
»Schwarzfahrer müssen an der nächsten Station aussteigen«, sagt Janette.
»Oder Bußgeld zahlen«, ergänzt Saskia. »Zweihundert Euro mindestens. Ich hoffe, du hast so viel dabei!«
Billi kneift die Augen zusammen. »Ihr spinnt doch alle!«
»Wer spinnt hier?« Janettes Stimme klingt gefährlich kalt.
»Bist wohl noch nie Zug gefahren?«, fragt Ariane.
»Logo«, brummt Billi. Sie will weitergehen.
Aber Janette lässt sie nicht los. »Und seit wann kann man ohne Fahrkarte fahren?«, fragt sie.
»Lass mich!«, faucht Billi. »Sonst …«
»Oje, der Tiger ist los!«, johlt Janette und wedelt mit beiden Armen aufgeregt in der Luft herum. »Hilfe, ein Zwergtiger!«
Saskia und Ariane kreischen los.
Sollen die sich doch in die Hosen machen vor Lachen! Billi flitzt zurück an ihren Platz.
»Habt ihr Fahrkarten?«, fragt sie Conni und Anna atemlos.
»Nö«, gähnt Conni.
Auch Anna schüttelt den Kopf.
Billi schaut die beiden an. Sie scheinen nicht sehr beunruhigt zu sein.

»Aber wir brauchen doch welche, oder?«, fragt sie aufgeregt.
Conni guckt Billi verständnislos an. »Hat der Lindwurm nicht eine Sammelkarte?«
Richtig! Billi hat ja selber gesehen, wie Frau Lindmann die Karte in den Geldbeutel gesteckt hat.
»Diese saublöde Tussi!«, wettert sie los. Und dann erzählt sie Anna und Conni die ganze Geschichte.
»Los, ich komm jetzt mit, die Gummibärchen holen«, meint Conni anschließend. Bei Janettes Tisch bleibt sie stehen. »Zeig doch mal deine Fahrkarte!«
»Fahrkarte?« Janette tippt sich an die Stirn. »Bist du hier der Kontrolleur oder was!«
»Nee, aber deine Fahrkarte würde ich trotzdem gern mal sehen!«
»Hast du denn keine eigene?«, fragt Ariane pampig.
»Ja, mit Endstation Irrenhaus«, platzt Saskia dazwischen.
Die drei prusten los vor Lachen.
»Sehr komisch!« Conni schiebt Billi weiter zu den Gepäckfächern. »Wie kann man nur so doof sein? Das tut ja fast schon weh!«

***

»Nur noch eine halbe Stunde! Packt langsam eure Sachen zusammen!« Frau Lindmann geht durchs Großraumabteil und zählt ihre Schüler. Frau Stern ist bei ihr. Verdutzt bleibt Frau Lindmann stehen. »Da fehlt doch jemand!«
Frau Stern und sie zählen also noch einmal nach. Aber es ist immer noch einer zu wenig.

»Einer fehlt!«, verkündet Frau Lindmann, so dass es jeder im Wagon hören kann. »Wer wird vermisst?«
Alle schauen sich um.
»Niemand!« Janette kichert.
»Also, dann noch mal von vorne!« Frau Lindmann zieht eine Liste aus ihrer Tasche und geht erneut den Gang hinunter. Diesmal macht sie ein kleines Häkchen hinter jeden Namen, bis schließlich nur einer übrig bleibt: Dina.
»Wo ist Dina?«
Schweigen.
»Wer hat sie hier im Zug gesehen?«
»Ich!« Conni meldet sich. »Sie saß dahinten, in der letzten Reihe, und hat gezeichnet. Da müssen noch ihre Sachen sein!«
Frau Lindmann lässt sich von Conni den Platz zeigen. Aber Dinas Stifte sind genauso verschwunden wie Dina selbst. Sogar die Reisetasche fehlt.
»Das darf ja wohl nicht wahr sein!« Frau Lindmann atmet tief durch. »Hat sie jemand aussteigen sehen?«
Alle schütteln die Köpfe. Im selben Moment fährt der Zug in Niebüll ein. Frau Lindmann stürzt zur nächsten Tür und schaut auf den Bahnsteig.
Conni und alle anderen kleben am Fenster. Es steigen kaum Leute aus. Dina ist jedenfalls nicht dabei.
Erst als der Abfahrtspfiff ertönt und sich die Türen schließen, kommt Frau Lindmann ins Abteil zurück. Sie ist blass geworden. Auch Frau Stern ist schrecklich aufgeregt. »Vielleicht hat sie sich nur woanders hingesetzt«, sagt sie. »Hat sie jemand geärgert?«

Im Abteil herrscht betretenes Schweigen. Dina wird doch ständig geärgert. Frau Lindmann schnappt nach Luft.
»Da gibt es nur eine Möglichkeit: Wir durchsuchen den Zug. Wer meldet sich freiwillig?«
Conni, Anna und Billi melden sich als Einzige.
Frau Lindmann nickt ernst. »Gut. Ihr geht zum Ende des Zugs und sucht von dort aus alle Wagen ab. Ich gehe ganz nach vorne und komme dann von der anderen Richtung. Wenn wir uns treffen, haben wir Dina hoffentlich gefunden.« Sie dreht sich zu der Referendarin um. »Passen Sie hier bitte ein bisschen auf!«
»Und ihr …«, Frau Lindmann schaut streng in die Runde. »Rührt euch nicht mehr vom Fleck. Keinen Zentimeter!«
Conni, Billi und Anna laufen, so schnell sie können, durch den engen, schwankenden Zug, bis es nicht mehr weitergeht.
»Das ist definitiv der letzte Wagen«, sagt Billi. Langsam gehen sie zurück. Zum Glück sind nicht mehr allzu viele Fahrgäste im Zug.
»Guckt mal, das Meer!«, ruft Anna plötzlich.
Sie schauen aus dem Fenster. Rechts und links ist Wasser. Sie fahren mitten auf dem Meer! Staunend bleiben sie stehen.
»Der Hindenburg-Damm«, erklärt Billi, die den Reiseführer von Sylt schon dreimal durchgeackert hat. »Elf Kilometer Eisenbahnschienen mitten durchs Wattenmeer.«
Es ist Flut. Kleine glitzernde Wellen tanzen auf dem Wasser. Conni kann sich kaum sattsehen, doch sie reißt sich los. »Kommt, wir müssen weiter. Bestimmt sind wir gleich da!«

In allen Abteilen schauen sie sich um. Doch von Dina fehlt jede Spur.
»Vielleicht ist sie auf Klo«, fällt Conni plötzlich ein.
Billi zieht skeptisch die Augenbrauen hoch. »Auf Klo? Und nimmt ihr ganzes Gepäck mit?«
»Vielleicht hat sie Angst, dass es sonst geklaut wird«, überlegt Anna.
»Wie auch immer«, sagt Conni. »Ich geh noch mal zurück und check die Klos! Sicherheitshalber.«
Anna und Billi kommen mit.
Die ersten beiden Klos sind leer.
»Dass es hier immer so stinken muss!« Anna rümpft die Nase.
Die nächste Toilette ist besetzt.
»Dina?«, flüstert Conni durch die Tür.
Schweigen.
»Dina?«, ruft Conni etwas lauter und klopft an die Tür. »Dina! Bist du hier drin? Sag doch was!«
»Hier ist keine Dina, verdammt noch mal!«, donnert es hinter der Tür los. Eine tiefe Männerstimme. »Und jetzt sieh zu, dass du weiterkommst!«
Wie der Blitz sind die drei von der Tür verschwunden. Im nächsten Durchgang bleiben sie kichernd stehen.
Wieder ist ein Klo besetzt. Als Conni klopft, öffnet sich die Tür und eine Frau kommt heraus.
»Ist ja schon frei«, lacht sie.
Also geht es weiter zur nächsten Toilette. Ein Mann steht davor. »Erst bin ich aber dran!«, sagt er, als sich Conni an ihm vorbeiquetscht.

»Wir suchen nur jemanden«, erklärt Conni und klopft gegen die Tür. »Dina? Bist du's?«
Es kommt keine Antwort, aber trotzdem ist es Conni, als habe sie etwas gehört. Ein leises Wimmern.
»Hallo?« Conni klopft erneut. »Wer ist da bitte?«
»Ich«, piepst es hinter der Tür. Diesmal ist es Dina.
»Wir suchen dich! Frau Lindmann ist völlig fertig, weil du nicht da bist! Was hast du denn?«
»Nichts«, jammert Dina. Und dann hört Conni wieder dieses Wimmern. Jetzt bloß lauter.
»Sie weint«, flüstert Billi Conni ins Ohr.
»Mach doch mal auf«, versucht es Conni.
»Ja, los! Ich möchte auch endlich aufs Klo«, mischt sich der Mann unfreundlich ein.
Conni dreht sich entschlossen zu ihm um. »Wir haben hier ein Problem. Können Sie bitte aufs nächste Klo gehen?«
»Und da warte ich dann wieder eine halbe Stunde!« Wütend zieht der Mann ab.
In der Toilette ist es inzwischen ganz still geworden.
»Dina«, versucht es Conni noch einmal. »Bitte, lass uns rein!«
Zögernd schließt Dina auf. »Schnell, es darf mich niemand sehen«, flüstert sie.
Die drei Freundinnen gucken sich kurz an, dann schlüpfen sie in die Kabine. Boh, ist das eng hier drin! Dina riegelt sofort wieder zu. Sie hat ganz rot geweinte Augen.
»Was ist denn los?«, fragt Billi sanft.
»Ich hab keinen Fahrschein!« Dina schnieft.
»Wir brauchen doch gar keinen!«, platzt Anna heraus.

»Ja, weil Frau Lindmann doch so eine Sammelkarte hat«, erklärt Conni. »Die gilt für uns alle!«
»Aber Janette hat doch gesagt ...«, schnieft Dina.
»... dass alle Schwarzfahrer auf dem nächsten Bahnhof aussteigen müssen«, ergänzt Billi schnell.
Dina nickt.
»Janette hat auch versucht mich reinzulegen«, will Billi sie trösten.
Dina schaut sie groß an. »Und nur ich war so blöd darauf reinzufallen?« Ihr kommen schon wieder die Tränen.
»Warum bist du denn nicht zu uns gekommen?«
Dina zuckt schluchzend mit den Schultern. Conni legt vorsichtig den Arm um sie. »Janette ist echt das Letzte!«, murmelt sie ärgerlich. Natürlich hat sich das Biest mal wieder die Schwächsten ausgesucht. Billi, die Jüngste in der Klasse, und dann Dina, auf der sowieso immer alle herumhacken.
»Komm«, sagt Conni und schließt die Klotür auf. »Wir müssen unsere Sachen packen. Wir sind gleich da!«
Zu viert laufen sie zu ihrem Wagen zurück. Auf halbem Weg kommt ihnen Frau Lindmann entgegen. Nach einem kurzen Blick auf Dinas verweintes Gesicht sagt sie: »Schön, dass du wieder da bist. Wir haben dich schon vermisst.«
Dina schaut zu Boden. »Ich war kurz auf Klo«, murmelt sie.
»Schon gut«, sagt Frau Lindmann nur.
Zurück im Abteil dröhnt sie mit ihrer gewohnten Schmetterstimme: »Packt endlich eure Sachen. Nicht dass im Zug was liegen bleibt, hört ihr!«
Im nächsten Moment rauscht es im Lautsprecher: »In wenigen Minuten erreichen wir Westerland. Endstation. Wir

verabschieden uns von unseren Fahrgästen und freuen uns, wenn Sie bald wieder mit uns fahren!«

Conni packt ihre Sachen zusammen. Schnell bringt sie noch den Müll weg. Unglaublich, was sich in fünf Stunden so alles ansammelt!

Dann steht sie mit den anderen dicht gedrängt vor der Tür und wartet, bis der Zug in den Bahnhof einfährt.

Die Bremsen quietschen. Endlich sind sie da!

Draußen ist es warm, aber nicht heiß. Einfach genau richtig! Die Sonne scheint am strahlend blauen Himmel und es geht ein leichter Wind. Conni lässt ihr Gepäck auf dem Bahnsteig fallen und atmet kräftig durch: »Riecht ihr auch das Meer?«

»Alle hierher, hierher!« Schnell zählt Frau Lindmann noch einmal die ganze Truppe, nickt zufrieden und brüllt: »Mir nach!« Urplötzlich mit einem Regenschirm bewaffnet, streckt sie diesen hoch über ihren Kopf in die Luft und führt ihr Regiment zum Bahnhofsvorplatz.

Ein kleiner, rostiger Lieferwagen wartet dort schon, um das Gepäck ins Schullandheim zu bringen.

»Und ich dachte schon, wir müssen die Taschen selber schleppen!«, meint Billi erleichtert. »Ich hab nämlich auf der Karte nachgeschaut. Auf uns warten noch mindestens vier Kilometer Fußmarsch!«

»Vier Kilometer!« Janette hat im Vorbeigehen Billis letzten Satz aufgeschnappt. »Ohne mich!«

»Du kannst ja mit dem Auto fahren«, meint Conni und zeigt rüber zum Taxistand.

»Gute Idee!«, grinst Janette.

»Frau Lindmann!« Als Janette sich zur Lehrerin durch das Gewühl drängelt, humpelt sie auf einmal. Was hat sie denn nun wieder vor? Neugierig geht Conni hinterher.
»Den Fuß verstaucht?« Frau Lindmann zieht die Augenbrauen hoch, doch dann nickt sie. »Ja, natürlich kannst du im Auto mitfahren. Wenn du unbedingt willst.«
»Danke! Das ist riesig nett von Ihnen!« Janette dreht sich um. Conni steht direkt vor ihr und wirft ihr einen vernichtenden Blick zu. »Das hast du ja wieder toll eingefädelt!«
Janette streckt ihr nur kurz die Zunge raus. Dann schreitet sie wie eine Königin zur Beifahrertür.
»Vergiss nicht zu humpeln!«, ruft Conni ihr nach. Extra laut.
Janette dreht sich blitzschnell zu Frau Lindmann um, aber die scheint nichts gehört zu haben. Und auch Frau Stern nicht. Sie steht mit Dina etwas abseits und unterhält sich mit ihr. Conni staunt. Sie hat Dina noch nie so lachen sehen. Und das nach dem, was eben passiert ist! Die Stern scheint echt supernett zu sein.

Alle schauen Janette neidisch nach, als sie mit dem Lieferwagen davonbraust. Sie winkt noch einmal und schmatzt übermütig ein Küsschen in die Luft.
»Sie wird die Einzige sein, die nachher nicht humpelt«, raunt Billi Conni zu.
»Wo müssen wir denn lang? Sollen wir uns in Zweierreihen aufstellen?« Anna überhäuft Frau Lindmann mit Fragen.
»Geduld«, sagt Frau Lindmann nur. Es klingt geheimnisvoll.
Kaum ist das Gepäckauto außer Sicht, schwenkt ein Pfer-

defuhrwerk auf den Bahnhofsplatz ein. Vier riesige Pferde ziehen den Wagen, Kaltblüter mit dicken Fesseln und zotteligem Fell.
»Da würde ich gerne mitfahren«, ruft Anna sofort und staunt, als der Wagen direkt vor ihr hält. Sie streichelt einem Braunen über die Blesse. Er schnaubt zufrieden und stupst sie mit seiner weichen Pferdenase an. Conni macht gleich ein Foto von den beiden. Frau Lindmann schwenkt ihren Regenschirm.
»So, alles einsteigen!«, ruft sie.
Anna schreit begeistert auf. »Wir dürfen mit!«
Schon klettert sie mit den anderen auf den Pritschenwagen. Als Letzte steigen Frau Stern und Frau Lindmann die kleinen Holzstufen hoch.
»Was für eine wundervolle Idee«, meint Frau Stern.
»Ja«, schmunzelt Frau Lindmann. »Die Überraschung ist mir wohl gelungen!«
Conni guckt sie ungläubig an. Das hätte sie dem Lindwurm gar nicht zugetraut.
Schon schnalzt der Kutscher mit der Zunge. Das Fuhrwerk setzt sich in Bewegung. Der Wagen schaukelt sanft hin und her. Neugierig schauen sich alle in der Stadt um. Sie fahren am großen Kurhaus vorbei, an bunten Läden, Hotels und Restaurants, Cafés und kleinen Pensionen.
Hin und wieder schaut Conni zu Frau Stern hinüber, die sich jetzt angeregt mit Frau Lindmann unterhält. Die beiden scheinen sich gut zu verstehen. Merkwürdig. Die passen doch gar nicht zusammen. Wie kann die nette Stern nur mit diesem Drachen klarkommen?

»Ich seh das Meer!«, ruft Billi plötzlich aufgeregt.
Conni reckt den Hals und hat auf einmal riesige Lust, baden zu gehen.
Möwen kreischen über ihren Köpfen, als sie mit der Kutsche an den Dünen entlangfahren. Immer begleitet vom gleichmäßigen Klappern der Hufe. Es klingt wie Musik.
»Ist das nicht himmlisch?« Annas Augen strahlen. Alles, was mit Pferden zu tun hat, ist für Anna immer himmlisch. Für Conni und Billi aber auch!
»Wenn Janette das gewusst hätte, wäre sie bestimmt nicht mit dem Auto gefahren«, meint Conni zufrieden.
»Selber schuld! Da hat sie sich endlich mal ins eigene Fleisch geschnitten«, kichert Billi.
»Es gibt also doch noch Gerechtigkeit auf der Welt.« Conni stößt Dina aufmunternd an, die schweigsam neben ihr sitzt.
»Warum hat Frau Lindmann ihr denn nichts gesagt?«, fragt Anna. Beinahe hat sie so etwas wie Mitleid mit Janette. Wenn ihr das passiert wäre und sie hätte die Kutschfahrt verpasst: nicht auszudenken! »Sie hätte Janette doch ganz einfach warnen können«, wispert sie.
»Stimmt«, nickt Conni. »Hat sie aber nicht!«
»Vielleicht hat sie ja gemerkt, dass Janette ihr was vorgemacht hat«, meint Billi. Dann grinst sie. »Was meint ihr, ob sie Janette auch nicht ausstehen kann?«
»Kann sein!« Conni grinst auch. Wenn das stimmt, ist ihr die Lindmann fast ein bisschen sympathisch. Aber eben nur fast!

Hinter Kuhweiden und Feldern kommt schließlich das Schullandheim in Sicht. Es liegt direkt an den Dünen. Mit seinem Reetdach sieht es aus wie ein alter Bauernhof.
Das Pferdefuhrwerk hält direkt vor der großen hölzernen Eingangstür, wo auch schon das Gepäck auf sie wartet. Auf einem der Koffer hockt Janette und zieht ein langes Gesicht.
Conni und Billi grinsen sich an.
»Willkommen auf Hof Seebrise!« Die Herbergseltern sind gekommen und führen sie durchs Haus. Herr Gehrtens, im blau gestreiften Fischerhemd, geht voraus.
»Hier sind die Zimmer für die Deerns. Die Jungs gehen dort weiter den Gang hinunter!«
Conni stößt eine der Türen auf. Das Zimmer ist ebenerdig. Die Fenster gehen zu einem großen Garten raus. Rechts und links an der Wand stehen zwei Stockbetten.
»Vier Betten. Das passt doch perfekt!«, ruft Conni und zählt ab: Anna, Billi, Dina und sie.
Dina hebt den Kopf. »Du meinst, ich darf mit in euer Zimmer?«, fragt sie erstaunt.
»Na klar«, sagt Conni. »Was hast du denn gedacht?«
»Ich meine ja nur.« Dina flüstert fast. »Die anderen wollen doch auch nichts mit mir zu tun haben.«
»Wieso eigentlich nicht?«, fragt Billi.

Dina zuckt mit den Schultern. »Das ist schon seit der ersten Klasse so. Janette konnte mich von Anfang an nicht leiden. Immer hat sie mich geärgert. Und die anderen haben einfach mitgemacht.«

»Dann ist es ja gut, dass wir jetzt da sind«, meint Conni. »Also, los, wer will welches Bett?«

»Ich will nach unten«, meint Anna sofort. »Dann kann ich nachts schneller mal auf Klo!«

Conni kichert. »Dann nehme ich das Bett über dir!«

»Ich würde auch gerne oben schlafen«, meint Billi. »Was ist mit dir, Dina?«

»Dann schlaf ich unten«, meint sie. »Mir ist das ganz egal!«

Auch die Frage nach den Schrankfächern ist schnell geklärt. Sie packen die Sachen aus. Jetzt müssen sie nur noch die Betten beziehen. Uff, der übliche Kampf mit dem Bettzeug eben!

Für die Fahrt ans Meer hat sich Conni extra den blau-weiß gestreiften Bezug ausgesucht. Anna hat einen Hundebezug mit Fotoprint. »Weil ich doch Nicki nicht mitnehmen kann«, meint sie und seufzt.

»Du und dein Nicki!« Billi grinst. Sie liebt Tiere zwar auch, aber Annas Golden-Retriever-Bettzeug findet sie doch ein bisschen zu kitschig. Sie hat einen schlichten Bezug mit schwarz-gelben Streifen dabei. Ihr Tiger-Bettzeug.

Dinas Bezug ist kunterbunt. Lauter kleine Manga-Typen sausen darauf herum.

»Der ist ja cool!«, ruft Conni.

»Den habe ich selbst bemalt«, meint Dina ein bisschen verlegen.

»Echt?« Conni schaut sich die Bilder genauer an. »Wenn ich nur auch so zeichnen könnte wie du!«
Auch Billi ist beeindruckt. »Sieht aus wie gekauft!«
Dina strahlt. »Gefällt er euch?«
»Total!«, ruft Conni. Dinas Bezug ist echt etwas Besonderes.
Frau Lindmann klopft und steckt den Kopf zur Tür herein. »Packt eure Badesachen, wenn ihr die Betten gemacht habt. Nach der langen Reise haben wir uns eine Abkühlung verdient!«
Das lassen sie sich nicht zweimal sagen. In Rekordzeit sind die Betten fertig und die Badesachen gepackt.
Sie treffen die anderen draußen im Garten. Durch ein Tor kommt man zu einem kleinen Sandweg, der sich durch die Dünen schlängelt. Einmal die Düne hoch, dann wieder hinunter, schon sind sie am Meer. Blaue Wellen bis zum Horizont!
»Wahnsinn! Wasser bis zum Ende der Welt«, meint Conni und lacht.
»Von wegen! Du musst nur ein paar Hundert Kilometer schwimmen, dann bist du in England«, mischt sich Mark ein.
»Das will ich mal sehen, wie du knapp tausend Kilometer schwimmst«, sagt Billi. »Wahrscheinlich schaffst du nicht mal einen einzigen bei den Wellen hier.«
»Aber du ja!«
Billi zuckt mit den Schultern. »Bin ich die Sportskanone oder du?« Mark wirft ihr einen verächtlichen Blick zu.
Die Mädchen kichern.

Die Badesachen haben sie schon im Zimmer angezogen. Jetzt müssen sie nur noch T-Shirt und Shorts ausziehen.
»Und los!« Conni läuft zusammen mit den Jungen als Erste ins Wasser. Und wirft sich gleich in die Nordseewellen.
Anna ist nicht ganz so schnell. »Hu, ist das eisig!« Sie watet mit den Füßen im Wasser, unschlüssig, ob sie weiter reingehen soll oder nicht.
»Los, komm doch!«, ruft Conni ihr zu. »Wenn man erst mal drin ist, ist es gar nicht mehr kalt!«
Wieder taucht sie durch eine Welle durch. Und als sie prustend auftaucht, sind Anna, Billi und Dina endlich bei ihr.
»Ist das toll!« Conni lässt sich rückwärts ins Wasser fallen. »Kommt, ich lad euch zum Unterwasserkaffee ein!«, ruft sie.
Gemeinsam mit Billi, Anna und Dina setzen sie sich unter Wasser auf den sandigen Meeresgrund. Es ist gar nicht so einfach, nicht wieder nach oben zu treiben. Doch es klappt. Und so blubbern sie salzigen Meerkaffee aus unsichtbaren Tassen, bis ihnen die Luft ausgeht.
Janette ist nur bis zu den Knöcheln im Meer gewesen. Wahrscheinlich hat sie Angst, dass ihr winziger Bikini noch mehr einläuft, wenn sie damit ins Wasser geht. Sie sprayt sich mit Sonnenöl ein und streckt sich auf ihrem pfefferminzgrünen Badehandtuch aus.
»Na, wasserscheu?«, ruft Paul ihr zu.
Janette schiebt sich ihre übergroße Sonnenbrille auf die Nase. »Ihr Babys könnt ja ruhig weiterplanschen, wenn's euch Spaß macht.«
»Komm, stör doch Lady Janette nicht beim Sonnenbaden«,

kichert Mark und wirft eine Ladung Schlick auf Paul. Schon beginnt eine heiße Schlammschlacht.
»He, ihr Idioten! Könnt ihr das nicht woanders machen?« Janette, von oben bis unten vollgespritzt, muss nun doch baden. Mit eingezogenem Bauch steht sie im Wasser, dann taucht sie blitzschnell unter.
Von ihrem Zitronengesicht hätte Conni unheimlich gerne ein Foto gemacht!

Nach dem Baden haben alle einen Bärenhunger. Zum Abendessen gibt es belegte Brote und Hagebuttentee.
»Dass es im Schullandheim auch immer Hagebuttentee geben muss!« Dina zieht die Nase kraus.
»Besser als Kamillentee«, meint Conni.
»Stimmt!«, lacht Dina und gießt allen noch einmal die Tassen voll.
Kaum sind die Tische abgedeckt, ziehen wieder alle an den Strand und spielen Volleyball, bis die Sonne fast den Horizont berührt. Der ganze Himmel ist auf einmal rosarot.
»Ist das schön!« Für diesen Moment will Conni nirgends anders sein als genau hier.
Der Himmel leuchtet orange, pink und violett – je mehr die Sonne versinkt, desto wilder werden die Farben. Alle schauen zu, bis schließlich auch das letzte Fitzelchen des roten Feuerballs hinterm Meer verschwunden ist und der Himmel nach und nach zu einem dunkleren Grau wechselt.

***

Während Anna, Billi und Dina schon in den Waschraum gehen, packt Conni noch schnell ihre restlichen Sachen aus. Was ist das denn? Ganz unten in ihrem Koffer, unter ihren Jeans, liegt ein Päckchen. Super! Ein Geschenk! Bestimmt von Mama und Papa. Neugierig reißt Conni das Papier auf.

Es ist ein Buch. Aber auf dem blauen Umschlag steht kein Titel. Und die Seiten drinnen sind leer. Merkwürdig. Conni blättert noch einmal und entdeckt einen Brief:

Liebe Conni,
na, ist die Überraschung gelungen? Mama hat mein Geschenk unter deine Sachen geschmuggelt. Weißt du, was das ist? Ein Tagebuch für dich! Ich dachte, auf deiner Klassenfahrt kannst du das gut gebrauchen. Sicher erlebst du vieles, woran du dich später noch erinnern willst.
Wenn du Heimweh oder Sorgen hast, kannst du sie auch dem Tagebuch anvertrauen.
Nachdem du darüber geschrieben hast, geht es dir nämlich garantiert besser!
Ich schreibe schon mehr als ein halbes Jahrhundert Tagebuch und kann mir mein Leben ohne gar nicht vorstellen.
Also, vielleicht hast du ja Lust ...
Hier noch ein paar Tipps:

- schreibe nicht jeden Tag, sondern nur, wenn du willst
- schreibe kurz; ruhig in Stichworten

- schreibe nur über das, über das du schreiben möchtest
- Tagebuch schreiben soll Spaß machen!
Anbei auch ein Klebestift, um Postkarten, Eintrittskarten etc. einzukleben.
Alles Liebe wünscht dir
deine Oma

Conni schmunzelt. Typisch Oma!
Also gut. Wieso sollte sie nicht Tagebuch schreiben? Schnell kramt sie einen Stift aus ihrem Rucksack und macht ihren ersten Eintrag:

Heute auf Sylt angekommen. ☺

Conni grinst. Hat Oma ihr nicht geraten, sich kurz zu fassen? Kürzer geht's nicht! Sorgsam legt sie das Tagebuch in ihren Koffer zurück und läuft zu den anderen ins Badezimmer.

***

Am nächsten Morgen steht gleich der erste Ausflug auf dem Programm. Ein kleiner Bus bringt sie auf die andere Seite der Insel. Ans Wattenmeer.
»Am besten, ihr zieht schon mal die Schuhe aus und lasst sie im Bus«, schlägt Frau Stern vor. »Durchs Watt gehen wir nämlich barfuß!«
Frau Lindmann nickt. »Wir sind ein paar Minuten zu früh und müssen kurz warten. Ihr könnt euch draußen ein bisschen umgucken. Aber bleibt in der Nähe!«

Conni, Billi, Anna und Dina steigen aus dem Bus. Es ist Ebbe und vor ihnen liegt, so weit das Auge reicht, das glänzende Watt.
»Wahnsinn«, murmelt Anna. »Wo ist bloß das ganze Wasser hin?«
»Ach, da kamen ein paar Riesen«, ruft Mark übermütig, »die hatten Durst und haben mal eben das Meer ausgesoffen!«
»Na, dann guten Appetit, ihr Riesen«, lacht Conni.
Dina, die immer einen kleinen Zeichenblock mit sich herumträgt, malt ein paar Möwen und Austernfischer. Frau Stern setzt sich zu ihr. »Dina, das ist ja ausstellungsreif!«
»Ach, na ja.« Mit roten Wangen schlägt Dina ihren Block zu.
»Nein, nein, mal weiter. Ich stör auch nicht mehr«, sagt Frau Stern und steht schnell wieder auf.
Aber viel Zeit zum Zeichnen bleibt Dina sowieso nicht. Denn schon kommt Frau Budde, die sie alle durchs Watt führen will. Sie ist auch barfuß, hat kurze Hosen an und einen Spaten über die Schulter gelegt.
»Moin, moin!«, begrüßt sie alle. »Dann wollen wir mal!«
In einer langen Kette marschieren sie hintereinander durchs Watt. Mal ist der Boden fest und hart. Mal weich und schlammig, dass der Schlick zwischen den Zehen hervorquillt. Mal laufen sie durch flache Pfützen. Und überall sind kleine Häufchen, die wie Spaghetti aussehen.
Frau Budde bleibt plötzlich stehen. »Wir sind mitten auf dem Meeresboden. Bei Flut schwimmen hier die Fische

rum«, meint sie. »Zweimal am Tag aber fällt der Meeresboden trocken.« Sie schaut sich um. »Sieht aus, als ob hier nicht viel los ist. Nur Schlick. Aber im Boden leben Muscheln, Würmer, Krebse, Schnecken und dazu jede Menge winziger Einzeller, die mit bloßem Auge gar nicht zu sehen sind. Ihr könnt ja mal raten, wie viele Tiere in einem Quadratmeter Watt leben.«
»Dreißig«, schätzt Paul.
»Mehr«, sagt Frau Budde.
»Hundert!«, ruft Janette.
»Noch mehr!«
»Tausend«, rät Billi. Alle lachen schon. Auch Conni. »Das ist viel zu viel! Wie sollen die alle in einen Quadratmeter passen!«
»Ja, tausend ist leider auch falsch!«, meint Frau Budde. »Es sind eine Million!«
Da bleibt selbst Billi die Spucke weg. »Irre!«
»Wer weiß denn, wo die Spaghettihäufchen herkommen?«
»Von den Wattwürmern«, sagt Conni.
»Richtig, das ist der Kot von den Wattwürmern, die sich hier durch den Sand fressen!«
»Der Kot?«, fragt Oskar begriffsstutzig.
»Die Wattwurmscheiße«, hilft Mark ihm auf die Sprünge.
»Mark!« Frau Lindmann zieht die Brauen zusammen.
Doch Frau Budde lacht nur. »Na, so kann man's auch sagen. Jetzt wollen wir aber mal sehen, dass wir einen Wattwurm erwischen.« Und damit stößt sie ihren Spaten in den Sand und buddelt los. Kurz darauf präsentiert sie auf ihrem

Handteller einen zehn Zentimeter langen Wurm. »Wer will mal halten?«, fragt sie.
Frau Stern tritt unwillkürlich einen Schritt zurück.
»Ich!«, ruft Oskar und streckt seine Hand aus. Jetzt wollen natürlich auch noch die anderen Jungs zeigen, dass sie genauso mutig sind.
»Und ihr Mädchen?«, fragt Frau Budde.
Aus echtem Interesse nimmt Billi den Wurm kurz in die Hand. Doch die anderen verzichten lieber.
Auch Conni sind die Messermuscheln lieber, die Frau Budde nun aus dem Watt gräbt. Die haben wenigstens eine harte Muschelschale, an der man sie gut festhalten kann.
»Die Messermuscheln gibt es erst seit ein paar Jahrzehnten hier im Watt. Sie kommen ursprünglich aus Amerika und sind von Schiffen eingeschleppt worden«, erzählt Frau Budde. »Tja, und die Austernfischer«, sie zeigt auf einen der Vögel, »haben jetzt eine neue Lieblingsspeise!«
Sie wandern weiter durchs Watt und entdecken in Prielen Sandgarnelen und sogar eine kleine Scholle.

»Boh, hab ich einen Hunger«, meint Conni, als sie mittags wieder zurückkommen.
»Ja, ich auch«, lacht Frau Stern. »Seeluft macht hungrig!«
Zum Glück gibt es gleich Mittagessen.
Conni schaufelt sich ihren Teller voll. »Auch ein Kassler?« Mit der Gabel hat sie schon ein Stück für Billi geangelt.
Doch Billi zieht entsetzt den Teller weg. »Ich ess kein Fleisch!«
»Seit wann das denn nicht?«, fragt Conni erstaunt. Beim

letzten Geburtstag hat Billi doch noch drei Würstchen verdrückt.

»Seit einiger Zeit«, antwortet Billi unbestimmt.

Conni lässt das Kassler von der Gabel wieder zurück auf die Platte flutschen. »Und warum nicht?«

»Tiere sind meine Freunde. Und meine Freunde esse ich nicht«, sagt Billi schlicht.

Kichernd dreht sich Janette am Nebentisch um. »Conni würde auch gar nicht schmecken!«

»Stimmt!« Conni grinst Janette breit an. »Aber es gibt Leute, die Schlangen essen!«

Janettes Augen werden schmal. »Sehr komisch!«

Beleidigt dreht sie sich wieder zu ihren Freundinnen um.

Das wäre erledigt. Conni starrt auf ihr Kassler, das irgendwann mal ein Schwein gewesen ist. Oder zumindest ein Teil davon. Vor nicht allzu langer Zeit war das Schwein ein niedliches Ferkel. Genauso eins, wie sie es schon mal auf dem Bauernhof gestreichelt hat. Ein kleines, süßes, rosarotes Schweinchen …

Irgendwie hat sie noch nie so richtig darüber nachgedacht.

Conni schluckt. Vielleicht ist Kassler ja von der Kuh, versucht sie sich zu trösten. Prompt fallen ihr die großäugigen Kälbchen ein, die ein paar Hundert Meter weiter auf der Weide stehen.

Auch Dina schiebt auf einmal ihr Fleisch an den Tellerrand. »Was ist das überhaupt?«, fragt sie.

»Schweinefleisch!« Billi guckt verächtlich. Für eine Vegetarierin kennt sie sich ziemlich gut aus.

Conni versucht nicht an rosige Ferkel, sondern an borstige, fette Schweine zu denken. Aber wie auch immer: Ihr ist der Appetit vergangen. Und so hält sie sich genau wie Billi und Dina an die verkochten Salzkartoffeln und das Dosengemüse. Anna säbelt unverdrossen an ihrem Kassler herum. Mitleidig guckt sie auf Billis Teller.
»Willst du auch keine Soße?«, fragt sie.
Billi rollt mit den Augen. »Da ist doch auch Fleisch drin!«
Anna zuckt mit den Schultern, um sich anschließend Billis Kassler von der Platte zu angeln. Kaltblütig!
Anna spürt Connis vorwurfsvollen Blick. Umständlich rückt sie ihre Brille zurecht. »Ich mag Tiere auch«, erklärt sie. »Und natürlich würde ich nie Ponys oder gar Hunde essen. Aber ob ausgerechnet Schweine meine Freunde sind?« Sie hebt fragend die Arme. »Schließlich essen Tiere ja auch andere Tiere!«
»Es gibt aber auch Vegetarier unter den Tieren«, kontert Billi sofort. »Elefanten zum Beispiel!«
»Du willst also ein Elefant sein?« Anna grinst unwillkürlich.
Am Nebentisch kichern Saskia, Janette und Ariane los. Billi wird rot. Obwohl sie das letzte Jahr einen ordentlichen Schuss gemacht hat, ist sie mit Abstand immer noch die Kleinste der ganzen Klasse – eher eine Haselmaus als ein Elefant.
»Ich finde es gut, dass du keine Tiere mehr isst«, schaltet sich Conni schnell ein. Billi schluckt ihren Ärger hinunter. »Allerdings weiß ich nicht, ob ich das durchhalten könnte, so wie du«, gibt Conni kleinlaut zu.
»Das ist gar nicht so schwer«, meint Billi und ist gleich

Feuer und Flamme. »Du musst einfach nur an die Tiere denken!«
Conni nickt. Ja, genau. Das verhagelt einem den Appetit. Aber auch wenn Conni für heute ihr Kassler zurückgehen lässt, weiß sie nicht, ob sie wirklich für ihr ganzes Leben auf Brathähnchen, Wurst und Schnitzel verzichten will.

Schon beim nächsten Mittagessen wird Conni schwach. Es gibt knusprige Hähnchenkeulen.
Frau Lindmann wirft einen flüchtigen Blick auf Billis Teller: trockener Reis mit grünen Bohnen.
»Kein Fleisch?«, fragt sie knapp.
»Billi ist Vegetarierin«, springt Conni ein, weil Billi den Mund gerade voller Bohnen hat.
Frau Lindmann hebt kaum merklich die Augenbrauen und geht weiter.

***

Schon am Vormittag war es bewölkt, aber nach dem Mittagessen beginnt es zu regnen. Und zwar aus allen Rohren! Das Wasser pladdert nur so die Fensterscheiben herunter. Und dabei war gestern so toller Sonnenschein.
»Das ist doch heute genau das richtige Wetter für unseren Besuch im Aquarium«, meint Frau Lindmann. »Billi hält uns dort ihr Referat über die Fische in der Nordsee. Die sind da nämlich alle zu sehen.«
Und wirklich: In einem riesigen Becken findet sich alles, was auch in der Nordsee schwimmt: Seezungen, Goldbrassen, Meeraale, Wolfsbarsche …

Das Tollste ist, dass man durch einen gläsernen Tunnel mitten durchs Wasser spazieren kann. Und die Fische schwimmen um einen herum. Billi kennt und zeigt ihnen sämtliche Fische und hat zu allen viel zu erzählen.
Die lang gestreckten, braunen Fische mit den unzähligen Tupfen haben es Conni ganz besonders angetan.
»Ist es nicht toll, dass es in der Nordsee auch Katzenhaie gibt?«, flüstert sie Anna zu. »Das muss ich zu Hause unbedingt Kater Mau erzählen!«

Billi hat leuchtend rote Wangen, als sie endlich mit ihrem Vortrag fertig ist.
»Ausgezeichnet!«, lobt Frau Lindmann und trägt eine Eins plus in ihr Notenbüchlein ein. Conni stößt ihre Freundin an. »Wahnsinn, was du alles über Fische weißt!«
»Es gibt auch tolle Bücher darüber«, meint Billi. »Und dann gab's gerade in der letzten Zeit noch ein paar spannende Filme im Fernsehen.«
Anna hat nur den letzten Teil mitbekommen.
»Was denn für spannende Filme?«, fragt sie neugierig.
»F-I-S-C-H-Filme«, buchstabiert Billi, die sich denken kann, dass Anna irgendwelchen Liebesschmalz im Sinn hat – oder bestenfalls Pferdefilme.
Auf eigene Faust dürfen sie das Aquarium weiter erkunden. Es gibt nämlich weit mehr zu sehen als nur Nordseefische. Das größte Becken zeigt eine Korallenbank mit lauter tropischen Fischen. Auch hier führt ein gläserner Tunnel durch das Wasser. Conni, Anna, Dina und Billi gehen staunend durch die Unterwasserwelt.

»Schaut mal, da!«, ruft Anna.
Ein Sägefisch gleitet langsam über ihre Köpfe hinweg. Und dann werden sie von Hunderten von kleinen Korallenfischen umringt, die hinter dem Glas neugierig um sie herumschwimmen.
»Sind die nicht wunderschön?«, schwärmt Billi.
Conni nickt. Was für Farben! Violett und gelb, knallorange, königsblau! Und dann die Muster: längs gestreift, quer gestreift, gepunktet, mit Wellenlinien …
»Als ob sie im Tuschkasten gebadet hätten«, murmelt Dina fasziniert. Sie versucht sich wenigstens ein paar der Fische zu merken, damit sie sie später malen kann.
Langsam bummeln sie weiter.
»Boh, schaut mal! Haie!«, ruft Conni plötzlich.
»Riffhaie«, erklärt Billi. »Nicht ungefährlich. Obwohl sie verhältnismäßig klein sind.«
Conni, die sich eben noch vorgestellt hat durch die Korallenwelt zu schnorcheln, bekommt eine Gänsehaut. Vielleicht ganz gut, dass sie hier an der Nordsee und nicht an der Südsee sind.
Auch Anna zuckt zusammen. Direkt vor ihr schießt plötzlich eine riesige, giftgrüne Muräne aus ihrem Versteck. Das schiefe Maul ist voller spitzer kleiner Zähne, die Augen sind klein und milchig stumpf wie blindes Glas.
Conni stößt Billi an. »Hast du nicht gesagt, dass alle Tiere deine Freunde sind?«, fragt sie lachend. »Also, meiner ist das bestimmt nicht!«

***

Vor dem Einschlafen ist noch ein bisschen Zeit. Billi liest, Dina zeichnet und Conni hat sich mit ihrem Tagebuch aufs Bett gelegt. Hier oben kann ihr schließlich keiner über die Schulter gucken.

Vormittags waren wir wattwandern. Und sind auf Millionen von kleinen Viechern herumgelatscht, die da im Schlamm hausen! Uaah! Am Nachmittag waren wir im Super-Aquarium. Was bin ich froh, dass die Haie hinter Glas waren! Billi kennt übrigens alle Fische persönlich!

»Wo ist eigentlich Anna?«, fragt Conni und lässt das Tagebuch möglichst unauffällig in ihren Koffer gleiten.
»Anna?« Billi schaut kurz von ihrem Buch auf. »Keine Ahnung!«
Im selben Moment geht die Tür auf.
»Hallo«, ruft Anna gut gelaunt. Sie ist im Schlafanzug wie die anderen auch.
»Wo warst du denn?«, fragt Conni.
»Ach, mal gucken, was der Rest so macht«, meint Anna ausweichend.
Der Rest? Conni stutzt. Annas Lippen sind so merkwürdig rot. »Lippenstift oder Lolli?«, will sie gerade fragen, als an die Tür geklopft wird.
»Zeit zum Schlafen!«, ruft Frau Stern freundlich und war-

tet, bis alle in die Betten geschlüpft sind. Dann knipst sie das Licht aus. »Gute Nacht und träumt was Schönes!«

»Gute Nacht!«, ruft auch Conni. Wie schön, dass Frau Stern die Abendrunde übernimmt. Sie hat so was Sanftes, ganz anders als die Lindmann.

Billi gähnt. »Am liebsten wäre ich auch ein Fisch«, meint sie. »Den ganzen Tag im Meer schwimmen …«

»… und nicht zur Schule müssen«, ergänzt Conni. »Das wäre was!« Sie stellt sich vor, durchs glitzernde Wasser zu jagen, geheimnisvolle Korallenhöhlen zu erkunden …

»Wenn ihr Fische wärt, was für einer wärt ihr dann?«, fragt Dina aus dem Dunkeln heraus.

Billi braucht nicht lange zu überlegen: »Ich wäre ein Tigerhai!«

»Ich ein Seepferdchen«, sagt Anna.

»Und ich ein kunterbunter Korallenfisch«, lacht Dina. »Und du, Conni?«

»Ein Delfin!«

»Delfine sind überhaupt gar keine Fische!«, ruft Billi. Als ob Conni das nicht wüsste.

»Na und? Ich wäre trotzdem gern einer«, sagt sie und kuschelt sich in die Decke.

Für einen Moment ist es still im Zimmer. Wahrscheinlich sind die anderen neidisch, dass sie nicht auf die tolle Delfin-Idee gekommen sind.

»Und was für ein Fisch wäre die Lindmann?«, fragt sie deshalb, um abzulenken.

»Eine Muräne!«, brüllt Anna sofort.

»Ja, eine alte, giftige Muräne!«, ruft Conni begeistert.
Im selben Augenblick schießt die Lindwurm-Muräne ins dunkle Zimmer. »Ruhe jetzt!«, zischt sie und ist wieder verschwunden.

Alle schlafen noch, als Conni am nächsten Morgen aufwacht. Draußen ist es schon hell. Sie rollt sich aus ihrem Bett und linst durch den Vorhang. Es regnet nicht mehr. Der Wind jagt große Wolken am Himmel entlang, zwischen denen hier und da die Sonne hervorblitzt.

Conni schaut auf ihre Uhr, die sie zusammen mit dem Haargummi auf den Tisch gelegt hat. Es ist kurz nach sechs. Sie könnte noch locker eine Stunde schlafen, doch sie ist hellwach und ganz kribbelig. Irgendwas ist heute. Ach ja, ihr Referat! Conni seufzt.

Leise zieht sie ihre Aufzeichnungen aus ihrer Tasche, um alles noch einmal durchzugehen. Nach diesem verflixten Vokabeltest darf sie sich auf keinen Fall noch mal blamieren. Diesmal ist sie vorbereitet. Trotzdem, seit dieser Sechs hat sie das Gefühl, dass alle und besonders die Lindmann sie für ziemlich doof halten. Und deswegen muss das Referat richtig gut sein. Damit sie endlich beweisen kann, dass sie doch etwas draufhat!

Conni setzt sich im Schneidersitz aufs Bett und beginnt ihre Zettel durchzulesen. Dina dreht sich schnaufend um, schläft aber weiter. Auch Billi brabbelt ein paar Worte vor sich hin. Conni spitzt die Ohren, kann aber nichts verstehen. Schade!

Conni liest weiter. Was hat sie sich bei der Vorbereitung für

Mühe gegeben! Denn obwohl sie gar nicht mitfahren wollte, ihr Referat über die Seehunde hat sie trotzdem gemacht. Zu Hause hat sie alle Tierbücher zusammengekramt, im Internet gesurft und noch zwei Nachmittage in der Bibliothek verbracht, um alles über Seehunde herauszufinden. Und es hat ihr sogar Spaß gemacht. Seehunde sind einfach tolle Tiere! Wenn sie Glück haben, sehen sie heute welche! Frau Lindmann hat nämlich versprochen, dass sie zu den Sandbänken rausfahren.

Conni hat alles zweimal durchgelesen, als draußen im Flur die ersten Türen klappern.

Anna räkelt sich in ihrem Bett.

»Guten Morgen!« Conni flüstert, um die anderen nicht zu wecken.

»Guten Morgen! Bist du schon lange wach?«, murmelt Anna verschlafen.

»Eine gute Stunde.«

»Was, so lange schon?« Anna gähnt kopfschüttelnd.

Kurz danach wachen auch Billi und Dina auf.

Gemeinsam gehen sie in den Waschraum.

»Ich mach nur Katzenwäsche«, verkündet Conni. Sie haben ja erst gestern Abend geduscht. Gerade sind sie fertig, als auch Janette ins Bad tappt. In dem weit ausgeschnittenen Spitzennachthemd sieht sie schon ein bisschen komisch aus. Vor allem, wo doch im Ausschnitt fast nichts zu sehen ist.

»Riesig! Das hast du wohl von Mami ausgeliehen!«, platzt Conni heraus. Die anderen prusten los.

»Häh?«, brummt Janette. Sie kann noch kaum aus den Augen schauen. Doch bevor sie sich eiskaltes Wasser ins Gesicht spritzen kann, um richtig aufzuwachen, sind Anna, Conni, Billi und Dina schon verschwunden.

»Wir treffen uns um halb zehn draußen vor der Scheune«, verkündet Frau Lindmann nach dem Frühstück.

Conni stutzt. Wollen sie etwa Fahrrad fahren? Die alte Scheune neben dem Hauptgebäude ist nämlich der Fahrradschuppen. Vielleicht fällt ihr Referat ja aus?

Schnell läuft sie zu Frau Lindmann hinüber. »Fahren wir nicht zu den Seehundbänken?«

»Doch, natürlich! Aber zum Hafen fahren wir mit dem Rad«, erklärt Frau Lindmann. »Und an Bord kannst du dann dein Referat halten.«

Conni nickt. Schade! Für einen Moment hatte sie wirklich gehofft, dass ihr Vortrag ins Wasser fällt …

Jeder bekommt ein Fahrrad. Die Herbergsmutter führt eine Liste: »Conni Klawitter: Rad Nummer 12; Anna Brunsberg: Rad Nummer 21 …«

»Jeder ist für sein Rad verantwortlich«, mahnt Frau Gehrtens zum Schluss. »Also passt gut darauf auf!«

Frau Lindmann krempelt ihre Hosenbeine hoch. »Sind alle fertig? Dann mir nach!«, ruft sie gut gelaunt. Die Seeluft scheint ihr zu bekommen.

Auf dem Radweg radeln sie an den Dünen entlang, bis ganz zur Nordspitze hoch. Der Wind bläst stark, kommt aber direkt von hinten und schiebt sie an.

»Schau mal, ich muss gar nicht treten«, lacht Conni und streckt die Beine in die Luft.

»Das ist wie Mofa fahren«, meint Billi. »Aber mit Windenergie! Genial, was?«
Conni dreht sich nach Anna um. Wo ist die denn plötzlich abgeblieben? Ganz hinten, kurz vor Frau Stern, die als Letzte fährt, radelt sie neben Saskia, Janette und Ariane her. Was wollen die denn von Anna?
Conni bremst ab, um ihrer Freundin beizustehen. Doch das ist gar nicht nötig. Anna lacht ausgelassen. Die scheint sich mit denen ja richtig gut zu amüsieren. Conni wartet nicht weiter, sondern tritt kräftig in die Pedale.

Im Hafen wartet schon ein kleiner Fischkutter, der sie zu den Seehundbänken bringen soll. Als Conni mit Dina und Billi an Bord geht, ist plötzlich auch Anna wieder da. Sie lutscht einen quietschrosa Lolli.
»Von Janette«, sagt sie zufrieden.
Als ob Conni sich das nicht denken könnte. Schließlich haben Janette, Saskia und Ariane auch so einen Lolli im Mundwinkel.
»Super, was?« Anna strahlt. »Und heute Nachmittag will sie mir zeigen, wie ich meine Augen am besten schminken kann. Hinter Brillengläsern wirken die Augen nämlich schnell zu klein, weißt du.«
Conni schluckt. »Toll«, brummt sie.
»Vielleicht gibt sie dir ja auch ein paar Schminktipps«, meint Anna und stößt Conni an. »Janette ist echt viel netter, als wir dachten! Ich geh noch mal zu ihnen rüber, ja?« Und damit verschwindet Anna ans Hinterdeck. Conni guckt ihr fassungslos hinterher.

Langsam tuckert das Schiff los. Zum Hafen hinaus, um die Nordspitze herum, aufs offene Meer hinaus. Der Dieselmotor rattert und knattert.
Frau Lindmann kommt zu Conni. »Eigentlich wollte ich, dass du dein Referat jetzt gleich hältst«, schreit sie gegen das Geknatter an. »Aber das hat wohl keinen Zweck! Wir machen es später, wenn wir die Robben beobachten und der Motor aus ist!«
»In Ordnung!« Conni schluckt. Hoffentlich ist es weit bis zu den Seehundbänken.
Sie steht mit Dina und Billi vorne am Bug. Die Gischt spritzt fast bis zu ihnen herauf. Der Wind zerstrubbelt ihre Haare.
Conni schaut übers Wasser und versucht weder an ihr Referat noch an Anna zu denken. Vielleicht gibt es ja irgendetwas zu entdecken. Große Fische oder …
»Gibt es hier eigentlich Delfine?«, fragt sie.
»Delfine nicht, aber Schweinswale«, weiß Billi.
»Wale?«, fragt Dina. »Richtig große Wale?«
»Nee, Schweinswale sind so groß wie Delfine. Sie sehen auch so ähnlich aus. Nur dass sie nicht aus dem Wasser springen und eine andere Schnauze haben.«
»Meinst du, wir sehen welche?«, fragt Dina.
»Ich hoffe sehr«, meint Billi und schaut durch ihr Fernglas. »Ich habe gelesen, dass man sie sogar von der Küste aus beobachten kann.«
Auch Conni starrt aufs Meer. Vielleicht taucht ja irgendwo ein Schweinswal auf, um nach Luft zu schnappen.

Endlich kommen die Sandbänke in Sicht. Mit Seehunden!
»Sind das viele!«, ruft Billi. Durch ihr Fernglas kann sie die Seehunde schon von weitem sehen.
Vorsichtig fährt der Kapitän mit dem Kutter so nah heran, dass die Tiere auch mit bloßem Auge gut zu erkennen sind. Dann stellt er den Motor aus.
Conni schießt gleich die ersten Fotos. Und auch Mark zückt seine Kamera.
»Können wir nicht noch näher ranfahren?«, bettelt Janette.
Der Käpten schüttelt den Kopf.
»Conni kann euch bestimmt sagen, wieso man Abstand halten muss«, meint Frau Lindmann.
Conni fährt zusammen. »Auf den Sandbänken ruhen sich die Seehunde vom Schwimmen und Tauchen aus. Ist doch klar, dass sie nicht gestört werden sollen«, sagt sie. Wenn nur ihre Beine nicht so zittrig wären. Hier vor der ganzen Klasse zu stehen – grässlich! Doch Conni macht einfach weiter. »Außerdem werden hier im Sommer die Seehundbabys geboren und gesäugt. Wenn man zu nah an die Sandbänke fährt, fliehen die Tiere ins Wasser. Dann ist die Gefahr groß, dass Babys und Mütter getrennt werden und nicht mehr zusammenfinden.«
Frau Lindmann nickt aufmunternd. »Dann mach gleich mal weiter!«
Conni holt tief Luft. Sie weiß so ziemlich alles über Seehunde. Wie groß und schwer sie werden und wie alt, wie lange sie unter Wasser bleiben können und was sie am liebs-

ten fressen. Und je mehr sie erzählt, desto weniger zittern die Beine. Plötzlich ist es gar nicht mehr schlimm, dass die ganze Klasse um sie herumsteht. Alle hören gespannt zu. Selbst Janette hält ausnahmsweise mal den Mund.
Am Schluss gibt es noch ein paar Fragen, die Conni aber alle beantworten kann. Frau Lindmann ist zufrieden. »Das ist eine glatte Eins«, sagt sie und zückt ihr Notenbüchlein.
Conni strahlt.
»Du hast dich wirklich gut vorbereitet«, sagt Frau Lindmann noch einmal. Und Conni ist es, als ob die Lindmann sie dabei zum ersten Mal richtig angucken würde.

Frau Stern hat mehrere Ferngläser dabei. Und während der Kutter noch weiter auf den Wellen schaukelt, machen sie die Runde, damit alle einmal genauer gucken können. Die meisten kennen Seehunde aus dem Zoo. Aber in freier Natur hat sie noch keiner von ihnen gesehen.
»Ist das nicht toll!«, meint Conni. Jetzt, wo sie so viel über die Tiere weiß, fühlt sie sich den Seehunden da draußen auf der Sandbank besonders nah.

Nur der Käpten bemerkt, wie der Wind auffrischt und schwarze Wolken heranbläst.
»Das sieht nach einem handfesten Gewitter aus. Wir müssen sehen, dass wir in den Hafen zurückkommen!«, meint er. Schon lässt er den Motor an und dreht um.
Das Meer wird dunkler. Und der Wind bläst immer stärker. Erst ist es ganz lustig, ein bisschen durchgepustet zu wer-

den. Doch als der Wind schließlich so stark wird, dass man sich an Deck richtig festhalten muss, wird es Conni doch ein bisschen mulmig. Die Wellen sind plötzlich erschreckend groß und der kleine Kutter wird wild hin und her geworfen.

Conni merkt, wie ihr Magen grummelt. Frau Lindmann ist plötzlich auch ganz blass und verschwindet unter Deck.

»Mir ist so schlecht«, murmelt Dina.

»Komm schnell, aufs Klo«, rät Conni. Doch das winzige Klo unter Deck ist schon besetzt.

»Spuckt einfach über die Reling. Dann freuen sich die Fische!«, rät der Käpten, als sie ratlos aufs Deck zurückkommen. »Aber auf der anderen Seite«, lacht er. »Sonst pustet euch der Wind die ganze Pampe ins Gesicht!«

Dina wankt auf die andere Seite, beugt sich weit über die Reling und übergibt sich auch schon. Klick! Mark macht ein Foto.

»Genau im richtigen Augenblick abgedrückt!«, lacht er zufrieden.

»Pass lieber auf, dass deine Kamera nicht nass wird«, meint Conni ärgerlich.

»Och, das ist doch nur so ein Pappteil, das wird eh verschrottet, wenn der Film voll ist!«

Mark hat jede Menge Motive: Nach Dina sind Ariane und Lilo an der Reihe. Und wenig später ergeht es Billi, Klara, Paul, Saskia, Jan, Tobias, Anna, Jenny, Conni und Janette auch nicht besser. Allen ist speiübel. Nur Mark scheint seefest zu sein.

»Ihr ollen Landratten vertragt das bisschen Schaukeln wohl

nicht!«, prahlt er und schießt ein Foto nach dem anderen.
»Die kommen alle in unser Klassenfahrt-Tagebuch. Oder in die Schülerzeitung!« Er lacht sich fast kaputt.
Oh, dieser Mark! Wenn es Conni nur nicht so schlecht wäre …

Als sie im Hafen anlegen, geht auch die Klotür wieder auf. Frau Lindmann wankt leichenblass von Bord. Alle sind froh wieder festen Boden unter den Füßen zu haben.
Mit den Fahrrädern eiern sie langsam nach Hause. Das Mittagessen fällt für die meisten aus.

***

Conni, Billi und Dina sitzen zusammen im Zimmer, oben auf Connis Bett, und erholen sich langsam wieder.
»Meint ihr, Mark lässt die Fotos wirklich in der Schülerzeitung abdrucken?«, fragt Dina.
»Zuzutrauen wäre es ihm«, brummt Conni missmutig. »Wir müssen sehen, dass wir schnell an diese verflixten Bilder rankommen!«
Billi seufzt. »Ja, aber wie?«
In dem Moment platzt Anna ins Zimmer, fast so, als habe sie draußen vor der Tür auf ihr Stichwort gewartet. »Wir haben eine tolle Idee, wie wir an die Fotos kommen!«, ruft sie triumphierend.
»Wer, wir?« Conni mustert Anna misstrauisch. Ihre beste Freundin trägt grasgrünen Lidschatten, auch wenn er hinter ihrer Brille nicht ganz so grell wirkt wie bei Janette.

»Na ja«, druckst Anna herum. »Janette, Saskia, Ariane und ich.«
»Aha«, meint Conni. Es klingt nicht gerade begeistert.
»Janette will, dass wir das Ding gemeinsam drehen. Gegen die Jungs müssen wir Mädchen einfach zusammenhalten, sagt sie. Egal was sonst ist.«
»So, sagt sie das?«
»Mensch, Conni! Was hast du nur gegen Janette? Die ist viel netter, als du denkst. Das ist doch toll, wenn sie sich mit uns verbünden will.«
Conni antwortet nicht gleich.
»Vielleicht wird das Kriegsbeil zwischen uns dann ein für alle Mal begraben«, überlegt Billi laut. »Das könnte doch nicht schaden, oder?«
Dina schüttelt den Kopf. »Daran glaube ich nicht!«
»Was hat sie denn für eine Idee?«, fragt Conni zögernd.
»Heute Abend will sie die Jungs aus ihrem Zimmer locken. Saskia und Ariane helfen ihr. Sobald alle draußen sind, ruft mich Janette auf Arianes Handy an. Dann schleichen wir uns in das Jungenzimmer und schnappen uns Marks Fotoapparat!« Anna strahlt. »Das klingt doch super, oder?«
»Und wie will Janette die Jungs rauslocken?«, fragt Billi.
Anna zuckt mit den Schultern. »Ist doch egal. Janette kriegt das hin! Und wir gehen erst ins Zimmer, wenn alles geklappt hat!« Anna strahlt wieder. »Ariane leiht mir ihr Handy!«, wiederholt sie, damit es auch wirklich alle mitbekommen.
»Toll«, meint Conni trocken. Sie hat nicht die geringste Lust, sich mit Janette zu verbünden. Andererseits will sie

auch an die Fotos rankommen. Es muss schrecklich ausgesehen haben, als sie mit grünem Gesicht über der Reling hing. Sie mag gar nicht daran denken!
Anna wippt ungeduldig auf und ab.
»Los, was ist? Janette wartet unten am Strand auf euch, um Kriegsrat zu halten!«
»Ich finde auch, dass wir gegen die Jungs zusammenhalten sollten«, meint Billi.
Widerwillig springt Conni vom Bett. »Von mir aus«, seufzt sie.
Dina bleibt oben sitzen. »Mich wollen die bestimmt nicht dabeihaben«, murmelt sie.
»So ein Quatsch! Du gehörst doch zu uns«, sagt Conni.
»Ja, klar«, bestätigt Anna. »Janette hat sogar ausdrücklich von dir gesprochen!«
»Von mir?« Dina kann es kaum glauben.
Also traben alle vier zum Strand.
»Hallo!« Janette schiebt ihre Sonnenbrille hoch. »Hat euch Anna schon alles erzählt?«
Billi nickt.
»Wo ist der Haken?«, fragt Conni.
»Haken?« Janette versteht nicht.
»Na, der Haken an der Sache?«
»Dabei gibt es keinen Haken«, meint Janette beleidigt. »Ich will einfach nur diese widerlichen Fotos haben, genau wie ihr auch. Und meine Idee ist, dass wir uns dafür zusammentun, um es den Jungs zu zeigen! Girlpower nennt man so was!«
»Conni kann doch kein Englisch«, kichert Saskia.

Conni überhört es, obwohl es ihr wirklich schwerfällt.
»Eins interessiert mich noch«, sagt sie. »Wie willst du die Jungs aus ihrem Zimmer locken?«
»Das lass mal meine Sorge sein«, meint Janette großspurig.
Conni schluckt. Die gemeinsame Aktion wird sie auch nicht zu besten Freundinnen machen, so viel ist klar.
»Also, was ist jetzt? Macht ihr mit oder nicht?«
Conni schaut Billi an. Billi nickt. Auch Dina scheint einverstanden.
»Also gut«, sagt Conni. »Wir sind dabei.«
»Dann ist ja alles gebongt!« Janette grinst zufrieden. »Wir rufen Anna an, sobald die Luft rein ist. So gegen halb elf.«
»Den Fotoapparat aus dem Zimmer zu holen ist dann ja nur ein Klacks«, meint Ariane abfällig. »Ich wette, Mark hat ihn im Koffer versteckt.«
Saskias Zahnspange blitzt auf. »Oder im Schrank zwischen den Unterhosen!«
Janette kreischt vor Lachen auf.
Conni rollt mit den Augen. »Keine Sorge, wir finden den schon«, meint sie.
»Genau! Ich wette, es klappt wie am Schnürchen«, ruft Anna fröhlich.
»Na dann!« Janette streckt ihre Faust in die Luft und brüllt noch einmal: »Girlpower!«
»Girlpower!«, rufen auch die anderen. Conni murmelt halbherzig mit.

Wahnsinn! Haben heute echte Seehunde gesehen! Referat gut gelaufen.
Alle seekrank bei Rückfahrt und Mark macht Fotos!
Heute Abend Girlpower-Aktion, um Marks Kamera zu klauen.
Und zwar zusammen mit Janette (Würg!)

Als Frau Stern um halb zehn den ersten Rundgang macht, liegen Conni, Anna, Billi und Dina im Bett. Zugedeckt bis zu den Nasenspitzen, damit man nicht sieht, dass sie noch angezogen sind. Nur die Schuhe haben sie ausgezogen.
»Gute Nacht und träumt schön«, sagt Frau Stern und macht wie immer das Licht aus.
»Gute Nacht, Frau Stern.« Conni versucht möglichst ernst zu bleiben.
Um Punkt zehn patrouilliert dann Frau Lindmann durch den Flur. Normalerweise kommt sie jetzt nicht mehr in die Zimmer, zumindest nicht, wenn alles still ist. Trotzdem haben sich die Freundinnen noch einmal in ihre Betten gelegt.
»Psst!«, zischt Conni, als sie die Schritte draußen auf dem Gang hört. Alle lauschen gespannt. Die Schritte kommen langsam näher. Anna kichert leise, beißt sich dann aber fest auf die Hand, um sie nicht zu verraten. Bloß keinen Mucks machen! Frau Lindmann muss jetzt direkt vor dem Zimmer sein. Für einen Moment ist es ganz still, dann geht die Lehrerin weiter zur nächsten Tür.
Die vier warten noch ein paar Minuten, bis sie Frau Lindmann auf ihrem Rückweg ein letztes Mal vorbeigehen hören.
»Das war's«, flüstert Conni. »Los, kommt hoch!«

Billi, Anna und Dina klettern in Connis Bett. Dort sitzen sie dicht nebeneinander im Dunkeln und warten.
Anna schaltet das Handy an und legt es von nun an nicht mehr aus der Hand.
»Hört ihr was?«, fragt Dina plötzlich.
Alle lauschen. Von weitem hören sie das Meer. Hier und da knarzt und knackt es, wie üblich in einem alten Haus. Doch sonst ist alles still. Dina zuckt mit den Schultern. »Da muss ich mich wohl getäuscht haben!«
Billi knipst kurz ihre Taschenlampe an. »Es ist schon nach halb elf.«
»Entweder die sind eingeschlafen …«, meint Conni und fängt sich einen vorwurfsvollen Blick von Anna ein, »… oder sie sind verflucht leise«, beendet Conni ihren Satz.
Anna strahlt zufrieden. »Natürlich sind sie leise. Janette hat echt was drauf!«
In dem Moment klingelt das Handy.
»Geheimaktion Girlpower«, meldet sich Anna prompt. »Habe verstanden. Mission wird sofort erfüllt!« Anna stutzt. »Was? Wohin soll ich kommen? Ja, verstanden. Gut. Alles läuft wie besprochen. Tschüss. Äh, ja, Ende!« Anna steckt das Handy weg. »Okay, alles prima gelaufen! Die Luft ist rein«, sagt sie. »Ihr drei holt jetzt den Fotoapparat.«
»Und du?«, fragt Conni.
»Ich soll sofort zum Strand kommen. Die brauchen mich da!«, erklärt Anna ihren Auftrag. »Wahrscheinlich, um die Jungs in Schach zu halten.«
Conni und Billi werfen sich einen kurzen Blick zu.

»Los, denkt an die Fotos«, sagt Anna. »Außerdem kriegt ihr das zu dritt ja wohl hin!«
»Na schön.« Conni rutscht zusammen mit Dina und Billi vom Bett. Sie haben Jeans und dunkle T-Shirts an, damit sie in der Dunkelheit nicht auffallen. Und für die Suchaktion haben sie ihre Taschenlampen dabei.
Anna schlüpft in ihre Turnschuhe und klettert aus dem Fenster. Die Haustür wird um zehn Uhr abgeschlossen. Wie praktisch, dass sie im Erdgeschoss wohnen.
Jetzt ist Conni auch klar, wieso sie Janette, Saskia und Ariane nicht draußen im Flur gehört haben. Sicher sind sie genau wie Anna aus dem Fenster geklettert.
»Viel Erfolg!«, flüstert Anna und verschwindet im Dunkeln.
Auch Conni, Dina und Billi machen sich auf den Weg. Barfuß schleichen sie den Flur entlang. Conni wagt kaum zu atmen.
Schließlich stehen sie vor Marks Zimmer. Conni lauscht. Billi stößt ihr in die Rippen. »Ist doch eh keiner da!«, wispert sie.
Leise drückt Conni die Klinke runter und sie schlüpfen ins Zimmer. Drinnen ist es stockdunkel. Conni schaltet ihre Taschenlampe an. Der Lichtschein fällt auf eins der Betten. Conni zuckt zusammen. Das Bett ist ja gar nicht leer. Da liegt ja jemand drin: Paul!
Und im anderen Bett ist Mark!
»Was ist denn?«, murmelt er verschlafen.
Blitzschnell schaltet Conni die Taschenlampe aus. Aber zu spät.

»He, wer ist da?« Mark springt auf und schaltet das Deckenlicht an. Conni kneift die Augen zusammen. Dieses verflixte Neonlicht!
»Weiberalarm!«, brüllt Mark. Als ob die anderen nicht schon längst wach wären.
Mit einem Sprung geht er auf Conni los und dreht ihr den Arm nach hinten.
»Autsch! Lass sofort los!«
Aber Mark denkt gar nicht daran.
Billi und Dina können ihr nicht helfen. Paul hat Billi in den Schwitzkasten genommen. Und Jan und Tobias halten Dina in Schach.
»Was habt ihr hier zu suchen?«, ruft Mark.
»Was wohl!«, meint Paul. »Die wollen deine Fotos!«
Mark grinst. »Oh, Mann. Und ihr glaubt, ihr könnt hier einfach so reinspazieren und sie euch holen? Für wie bescheuert haltet ihr uns?«
»Für ziemlich bescheuert!«, zischt Conni. Mark dreht ihren Arm gleich noch ein wenig weiter nach hinten.
»Auch noch frech werden!«, donnert er los.
»Sei still! Was, wenn die Lindmann kommt?«, zischt Paul.
»Soll doch die Alte ruhig kommen!«, ruft Mark.
»Ich bin schon da!« Frau Lindmann steht in der Tür. Sie trägt einen grasgrünen Bademantel und Lederlatschen.
Mark lässt Conni los und wirbelt herum.
Conni reibt sich ihren Arm und wartet auf das Donnerwetter. Sie muss nicht lange warten.
»Mädchen im Jungenzimmer? Und das um diese Zeit!«

»Wir haben geschlafen und plötzlich schleichen sich die Mädels hier rein!«, wettert Mark los.
»Stimmt das?«, fragt Frau Lindmann.
Conni starrt auf den Boden. Ihr Nicken sieht man kaum.
»Du auch, Dina?« Frau Lindmann schüttelt fassungslos den Kopf. »Und von dir, Billi, habe ich so etwas am allerwenigsten erwartet!« Billi macht sich noch kleiner, als sie sowieso schon ist.
Frau Lindmann funkelt Conni wütend an, so als habe sie allein die ganze Schuld daran, dass die beiden anderen, unschuldigen Geschöpfe sich ins falsche Zimmer verirrt haben.
»Jetzt marsch in eure Betten! Morgen habt ihr einen Extra-Küchendienst. Und zwar den ganzen Vormittag!«
Conni, Dina und Billi verschwinden, so schnell sie können.
Hinter ihnen dreht sich die Lindmann noch einmal zu den Jungs um. »Und ihr schlaft jetzt auch! Gute Nacht!«

Im Zimmer tritt Conni wütend gegen den Bettpfosten. »Die haben uns reingelegt!«
»Und wie!«, ruft Billi. »Die haben uns voll ins Messer laufen lassen. Bestimmt hocken die jetzt in ihrem Zimmer und machen sich in die Hose vor Lachen!«
»Dass Anna da mitmacht!« Conni bebt vor Wut. »Also, die knöpf ich mir gleich mal vor!«
Schon stürmt sie wieder aus dem Zimmer. Und läuft direkt Frau Lindmann in die Arme.
»Was machst du denn noch hier? Ab ins Bett!!«

»Ich wollte nur mal …« Conni bricht gleich wieder ab. Die Toiletten liegen nämlich am anderen Ende des Flurs. Schnell flitzt sie in ihr Zimmer zurück.
Frau Lindmann kommt hinterher. »Wenn ich euch noch mal erwische, schicke ich euch mit dem nächsten Zug nach Hause!« Ihre Drachenaugen funkeln. »Und jetzt zum letzten Mal: Gute Nacht!«

***

Anna steht am Strand. Das Meer liegt vor ihr. Schwarz. Sie hört die Wellen gegen das Ufer schwappen. Über ihr funkeln unzählige Sterne. Der ganze Himmel ist übersät. Und da! Eine Sternschnuppe! Jetzt schnell etwas wünschen! Anna drückt beide Daumen und atmet tief ein. »Ich wünsche mir, dass Janette meine Freundin wird. Mit Conni zusammen natürlich!«, ergänzt sie schnell.
Aber wo ist Janette bloß? Ist nicht irgendwo ein Licht zu sehen, wo Janette, Saskia und Ariane sitzen und auf sie warten? Anna schaut sich um. Doch es ist alles dunkel.
Vielleicht haben sie ihre Lampen auch ausgeschaltet, um nicht entdeckt zu werden? Anna knipst ihre Taschenlampe an und schwenkt sie im hohen Bogen. Doch nur ein Leuchtturm antwortet ihr, der weit in der Ferne aufblinkt.
»Janette!«, ruft sie ins Dunkle. Erst leise, dann lauter. Doch niemand meldet sich. Dabei hat Janette doch gesagt, dass sie sich hier am Strand treffen wollen.
Vielleicht sitzen sie in einem der Strandkörbe und haben Anna deswegen noch nicht bemerkt? Anna läuft durch die

Reihen. Fast alle sind mit Holzgittern zugesperrt. Und die wenigen, die unverschlossen sind, sind leer.
»Janette! Saskia! Ariane!« Anna ruft wieder und wieder. Niemand meldet sich.
Es ist nicht gerade sehr gemütlich hier allein am Strand. Anna verkriecht sich in einen der leeren Strandkörbe. Sie zieht das Handy aus der Tasche. Wenn sie nur Janettes Telefonnummer wüsste. Anna überlegt. Ariane hat doch bestimmt Janettes Nummer im Adressbuch gespeichert. Sie kennt das von Mamas Handy, an das Anna allerdings höchst selten herankann. Sie drückt auf ein paar Tasten: Ach, hier ist es ja schon! Und unter »J« ist auch Janettes Handynummer. Anna drückt auf »Anrufen«. Das Freizeichen ertönt. Dann meldet sich eine Stimme. Aber es ist nicht Janette. »Ihr Teilnehmer ist zurzeit nicht zu erreichen. Bitte versuchen Sie es zu einem späteren Zeitpunkt.«
Verflixt noch mal! Janette hat ihr Handy ausgestellt.
Und nun? Anna schaut auf die Uhr. Sie ist nun schon fast eine halbe Stunde hier unten.
Ihre Taschenlampe leuchtet immer schwächer.
Plötzlich hört Anna ein schrilles Gelächter. Wie Geisterlachen. Schnell duckt sie sich tiefer in den Strandkorb. Ein dunkler Schatten streift ihre Beine. »Haah-haa-haa!«
Anna linst vorsichtig aus dem Korb hervor. Es ist nur eine Möwe. Trotzdem: Anna will keine Sekunde länger bleiben. Sie rennt zum Strandweg zurück und hastet die Düne hoch. Ohne sich noch einmal umzugucken, rast sie zum Schullandheim. Schnell schwingt sich Anna über den Zaun. Geschafft! Atemlos bleibt sie stehen.

So, jetzt schnell zurück ins Zimmer. Welches war denn noch mal ihr Fenster? Anna hat in der Eile gar nicht nachgezählt. Aber es ist ja ganz einfach: Ihres müsste angelehnt sein. Anna läuft am Haus entlang.
Das gibt es doch gar nicht! Alle Fenster sind verschlossen.
Anna versucht ganz ruhig zu bleiben. Sind sie nicht zwei Türen vom Waschraum entfernt? Doch, klar!
Der Waschraum ist leicht an seinen milchigen Scheiben zu erkennen. Anna geht zwei Fenster weiter, nimmt all ihren Mut zusammen und klopft.
Nichts tut sich. Anna klopft wieder. Diesmal lauter.
Das Licht geht an.
»Na endlich!«
Dann wird der Vorhang zurückgeschoben.
Anna wirft sich blitzschnell hinter den nächsten Busch, als Frau Lindmann das Fenster öffnet. »Hallo?« Frau Lindmann lehnt sich heraus. »Ist da wer?«
Die Lehrerin wartet noch einen Moment, bevor sie wieder das Fenster schließt. Anna bleibt in ihrem Versteck, bis das Licht gelöscht und es ganz ruhig geworden ist. Ihr Herz rast wie verrückt. Puh, das war knapp!
»Ich Idiot!«, beschimpft sie sich selber. Das Milchglasfenster gehört zu den Klos! Der Waschraum ist weiter links.
Also alles noch mal von vorne. Anna klopft wieder. Bereit jede Sekunde in Deckung zu gehen. Doch nichts tut sich.
Anna klopft noch einmal.
»Verschwinde!«, hört sie von innen. Das war Connis Stimme.

»Ich bin's: Anna!«
Im Zimmer bleibt alles still.
»Conni, mach auf! Ich bin's doch!«
Anna klopft wieder und wieder. Aber nichts regt sich mehr.
Anna schluckt. Sie versucht durch die Glasscheibe zu gucken. Doch die Vorhänge sind zugezogen. Ratlos steht Anna im Garten. Und jetzt? Sie könnte glatt losheulen.
Janettes Zimmer müsste das übernächste sein.
Gleich nach dem ersten Klopfen öffnet Saskia das Fenster.
»Lass sie rein«, hört man Janettes Stimme im Hintergrund.
Anna klettert ins Zimmer. »Wo wart ihr bloß?«, fragt sie.
»Wo warst du?«, fragt Saskia zurück.
»Unten am Strand! Aber von euch keine Spur!«
»Da müssen wir uns glatt verpasst haben«, meint Janette scheinheilig.
Anna holt tief Luft. »Macht ja nichts«, murmelt sie.
Hauptsache, sie ist jetzt wieder zurück im Schullandheim.
»Und?«, fragt sie dann. »Hat es geklappt mit den Fotos?«
Die drei Mädchen kichern.
»Was ist denn?«, fragt Anna irritiert. »Los, erzählt schon!«
»Es ging doch gar nicht um die Fotos«, gluckst Ariane.
»Um was dann?«
»Um Conni!«
»Um Conni?« Anna versteht nicht.
»Wir haben Conni einen kleinen Streich gespielt«, erklärt Janette. »Wir hatten die Jungs nämlich gar nicht weggelockt. Die waren alle noch in ihrem Zimmer!«
»WAS?«

Saskia, Ariane und Janette kichern wieder.
»Wir wollten dich da nicht mit hineinziehen. Deswegen haben wir dich zum Strand geschickt. Ich hoffe, du bist jetzt nicht sauer«, sagt Janette und schaut Anna mit großen, treuen Hundeaugen an.
Anna schluckt. »Ähm, nein. Nein, ist schon gut«, sagt sie schließlich. »Aber wieso wolltet ihr denn Conni reinlegen?«
»Ach, weil sie immer so furchtbar angibt. Immer weiß sie alles besser …«, meint Ariane leichthin.
»Findet ihr?«, fragt Anna. Conni ist doch ihre beste Freundin!
»Hoffentlich ist sie nicht von der Lindmann erwischt worden«, murmelt sie dann.
»Doch, ist sie!« Die drei Mädchen prusten los vor Lachen.
Anna beißt sich auf die Lippen.
»Dann geh ich jetzt mal ins Bett«, sagt sie leise. »Gute Nacht also!«
Anna schleicht zu ihrem Zimmer. Doch als sie die Tür öffnen will, geht sie nicht auf. Jemand muss von innen einen Stuhl unter die Klinke geschoben haben.
»Ich bin's!«, flüstert Anna. »Los, lasst mich rein!«
Es dauert einen Moment, bis sie eine Antwort bekommt.
»Wir denken nicht dran!«, sagt Conni von innen. Ihre Stimme klingt etwas dumpf, aber doch deutlich. Sie muss direkt hinter der Tür stehen. »Mit dir wollen wir nichts mehr zu tun haben! Verräterin!«

»Ihr habt das Fenster absichtlich zugemacht!« Anna schnappt nach Luft. »Seid ihr verrückt geworden?«
»Du bist verrückt geworden uns so ins Messer laufen zu lassen!«, gibt Conni zurück. »Ich dachte, du bist meine Freundin!«
»Ich hab doch davon nichts gewusst«, verteidigt sich Anna.
»Wovon? Von der Falle?«, fragt Conni bissig. »Und wieso weißt du jetzt davon?«
»Weil es mir Janette gesagt hat!«
»Also doch!«
»Aber erst jetzt. Hinterher!«
»Und das soll ich dir glauben? Billi, Dina und ich stehen mitten im Jungenzimmer, als Frau Lindmann kommt. Wir haben morgen wieder Küchendienst! Toll, was?!«
»Das tut mir leid«, murmelt Anna.
»Ach hör doch auf!«
»Jetzt lasst mich endlich rein!«, flüstert Anna. Ihr ist kalt. Und sie ist hundemüde.
»Nein!«
Langsam wird Anna sauer. »Das ist genauso gut mein Zimmer!«
»Lass sie doch rein!«
»Spinnst du, Billi!«
Anna hört von draußen, wie Conni Billi von der Tür wegzerrt. Anscheinend mit Erfolg.
»Wir haben keinen Bock mehr auf dich!«, ruft Conni ihr durch die Tür zu. »Du kannst ja bei deiner geliebten Janette schlafen!«

»Das mache ich auch!«, zischt Anna und stapft davon. Zum Glück ist in deren Zimmer ja noch ein Bett frei. Auch wenn es nicht bezogen ist.

***

»Den Küchendienst übernehmen heute noch einmal Conni, Dina und Sibilla«, verkündet Frau Lindmann nach dem Frühstück. »Sie wissen schon, wieso.«

Alle starren sie neugierig an.

Janette grinst höhnisch. »Viel Spaß dabei«, flüstert sie kaum hörbar, als Conni zu ihr herüberblickt.

Frau Lindmann merkt nichts. Sie schaut in die Runde. »Ich glaube, ihr habt nichts dagegen, wenn wir anderen bei dem strahlenden Sonnenschein einen Badetag einlegen.«

Alle jubeln auf und stürzen kurz darauf los, um ihre Badesachen zu packen. Dina, Conni und Billi bleiben allein zurück und beginnen den Tisch abzuräumen. Laut scheppernd türmen sie die Frühstücksteller aufeinander.

»Macht nicht so einen Krach. Ihr wollt doch nicht, dass was kaputtgeht«, mahnt die Köchin.

Conni ist das herzlich egal. Als ob heute nicht schon etwas kaputtgegangen wäre! Wie konnte sie sich nur so furchtbar in Anna täuschen. Bis gestern war sie ihre beste Freundin! Und jetzt?

Mit der spreche ich kein Wort mehr. Nie wieder!, schwört Conni heimlich und knallt ihren Tellerstapel auf den Geschirrwagen.

Ausgerechnet in dem Moment kommt Anna angewetzt.

»Das vergesse ich euch nie, dass ihr mich ausgesperrt habt!«,

schreit sie. »Draußen hätte ich mir den Tod holen können!«
»Doch nicht im Sommer«, mischt sich Billi ein.
Aber Anna hört gar nicht zu. »Janette hat euch einen Streich gespielt. Na und? Das ist längst nicht so schlimm, als mich in der Nacht auszusperren!« Anna schaut Conni böse an. »Euch war es egal, wo ich geschlafen hätte: am Strand, unter einer Brücke oder im Wald mit einem Ameisenhaufen als Kissen!« Anna kommen die Tränen.
»Spiel dich doch nicht so auf! Du hast bei Janette geschlafen«, kontert Conni und beißt sich auf die Zunge. Jetzt hat sie ja doch mit Anna geredet! Mist!
»Ja, in einem Bett ohne Bettzeug!« Anna funkelt Conni an. »Aber Janette weiß wenigstens, wann ein Spaß aufhört!«
Conni verdreht die Augen.
»Ich habe meine Sachen gepackt und ziehe jetzt zu Janette ins Zimmer.« Anna guckt bitterböse. »Mit euch will ich nämlich nichts mehr zu tun haben!«
»Anna, kommst du?« Janette steht in der Tür. Ihre Tasche mit den Badesachen hat sie lässig über die Schulter geworfen.
Anna lächelt. »Ja!«, flötet sie.
Dann dreht sie sich zu Conni um. Ihr Lächeln ist wie ausgeknipst. »Unsere Freundschaft ist aus! Ein für alle Mal! Damit du's weißt!«

»Spinnst du?«, ruft Billi ihr völlig entgeistert hinterher. Aber Anna dreht sich noch nicht einmal um.

»Lass sie doch!«, meint Conni. »Wenn sie glaubt bessere Freunde gefunden zu haben …« Conni zuckt scheinbar gleichgültig mit den Schultern. »Wir rennen der doch nicht hinterher!«

»Das kann dir doch nicht egal sein!« Billi ist fassungslos. Auch Dina starrt Conni so komisch an. Es ist auf einmal ganz still im Speisesaal.

»Doch«, sagt Conni. »Ist es wohl!«

Das ist natürlich gelogen. Und damit das keiner merkt, hievt sie, als ob es nichts Wichtigeres gäbe, Tassenstapel auf den Servierwagen.

Billi, die Arme in die Seite gestemmt, schaut zu. »Wie lange kennst du Anna schon?«, fragt sie vorwurfsvoll. Sie ist erst in der dritten Klasse neu dazugekommen. Da waren Anna und Conni schon längst beste Freundinnen.

»Hör zu! Ich hab keine Lust, über Anna zu reden.« Conni klaubt die Messer von den übrigen Tellern und schmettert sie in den großen Besteckkorb, dass es nur so scheppert. »Sie will nicht mehr meine Freundin sein, ich will nicht mehr ihre Freundin sein. Das passt doch hervorragend!«

»Ja, ganz toll!«, zischt Billi.

»Daran ist doch nur Janette schuld«, versucht Dina die Sache zu klären.

Aber weder Conni noch Billi gehen darauf ein.
Schweigend räumen sie den Rest ab. Dann pfeffern sie Teller, Tassen und Besteck in den Geschirrspüler, dass es der Köchin heiß und kalt den Rücken herunterläuft.
»Ihr könnt jetzt gehen, ich brauche euch hier nicht mehr«, sagt sie und scheucht die drei aus der Küche.
»Dafür habe ich jetzt eine neue Aufgabe für euch!« Wie aus dem Nichts ist plötzlich Frau Lindmann aufgetaucht. Sie hat drei blaue Müllsäcke dabei und seltsame Greifer. »Damit macht ihr draußen den Spielplatz und den Garten sauber. Es liegt genug Müll rum, da habt ihr bis zum Mittagessen zu tun.«
Na, super! Zähneknirschend nimmt Conni ihren Sack entgegen. Sie könnte Janette den Hals umdrehen. Und Anna könnte sie …
An der Tür sieht sich Frau Lindmann noch einmal um. »Und vergesst die Sonnenmilch nicht. Es ist ganz schön heiß draußen!«

»Dann cremen wir uns erst einmal ordentlich ein«, meint Billi.
Sie gehen auf ihr Zimmer. Auf Annas Bett liegt nur noch die nackte Matratze.
»Sie ist tatsächlich ausgezogen«, staunt Dina.
»Umso besser!«, schnaubt Conni. »Keine Sekunde hätte ich das länger mit der ausgehalten!«
»Jetzt reg dich mal wieder ab, ja!« Billi drückt Conni die Sonnenmilch in die Hand.
Conni seufzt. Dann cremt auch sie sich ein.

Weder sie noch Billi oder Dina haben es eilig, nach draußen zu gehen. Sie räumen ein bisschen auf und essen ein paar Kekse.
»Hat eine von euch Schokolade?«, fragt Billi.
Conni und Dina schütteln den Kopf. Anna hat irgendwie immer welche. Aber wer will jetzt schon Annas Schokolade?
»Los, lasst uns rausgehen«, beschließt Conni.
Sie fangen im Garten an.
Mit dem Greifer ist das gar nicht so einfach.
»Da wird man ja verrückt!« Conni nimmt wie die andern beiden zwischendurch einfach mal ihre Hand zu Hilfe. Doch nach ein bisschen Übung klappt es plötzlich reibungslos, selbst mit dem kleinsten Bonbonpapier.
»Guckt mal, könnt ihr das auch?« Dina wirft eine leere Salzstangentüte in die Luft und fängt sie im Flug mit ihrem Greifer auf. Conni und Billi kichern.
»Ihh!« Angewidert hebt Conni ein abgelutschtes Lollistäbchen hoch. »Das ist bestimmt von Janette!«
»Ja!« Dina grinst. »Ohne Lolli kann die gar nicht leben!«
»Wir könnten ihr ja ein paar angesabberte Stäbchen unters Kopfkissen schmuggeln«, schlägt Conni vor.
»Ach, die freut sich doch nur, wenn wir sie ärgern«, meint Billi. »Am besten, wir ignorieren sie einfach. Das kann sie nämlich am wenigsten ertragen.«
»Wie du meinst.« Seufzend lässt Conni das Stäbchen in den blauen Sack flutschen, der sich allmählich füllt.
Dina guckt sich um. »Ich glaube, mit dem Garten sind wir jetzt fertig«, meint sie.

Gemeinsam schlendern sie zum Spielplatz rüber. Was da alles im Sand liegt: jede Menge Eisstiele, Scherben, Schraubverschlüsse, ein kaputter Kuli, Kaugummipapier, sogar ein paar Zigarettenkippen. Die Heimmutter kommt zu ihnen hinüber. »Das ist ja toll, dass ihr hier helft!«, sagt sie und strahlt. Sie hat drei Eiswaffeln mit dabei. »Hier! Ich glaube, ihr habt euch jetzt mal eine Pause verdient!«
»Danke!« Die drei freuen sich. Schokoladeneis: Das ist jetzt genau das Richtige. Sie schwingen sich auf das Klettergerüst, um im Schatten des großen Ahornbaums ihr Eis zu lutschen.
Conni lässt die Beine baumeln. Mit dem leckeren Schokoeis geht es ihr gleich etwas besser. Jetzt bloß nicht an Anna denken!
»Wir müssen sehen, dass wir doch noch Marks Fotos kriegen«, meint sie, um auf andere Gedanken zu kommen.
Billi reibt sich nachdenklich die Nase. »Wenn wir jetzt seinen Fotoapparat klauen, weiß Mark sofort, dass wir es waren!«
»Dann müssen wir das irgendwie so machen, dass Mark nichts merkt.« Conni beißt in die Eiswaffel.
»Wie denn das?«, fragt Billi.
»Vielleicht einfach nur den Film rausnehmen«, schlägt Dina vor.
»Mm. Ob das geht?«, fragt Billi. »Das ist doch nur so eine Einmalkamera. Und selbst wenn. Merken wird er's doch!«
Die drei denken noch einen Moment lang nach. Doch keinem fällt eine richtig gute Lösung ein.

»Drachenalarm!«, wispert Conni plötzlich.
Hinten über den Strandweg kommt Frau Lindmann zum Schullandheim zurück. Das Eis ist längst aufgegessen. Schnell springen Conni, Billi und Dina vom Klettergerüst und schnappen sich ihre Müllsäcke. Emsig suchen sie nach Schnipseln und Bonbonpapier, als Frau Lindmann auf dem Spielplatz auftaucht.
»Das sieht ja schon prima aus«, sagt sie freundlich. »Ich glaube, das reicht für heute.«
Conni, Billi und Dina schauen sie erstaunt an.
»Ich habe nur noch eine letzte Bitte. Könntet ihr drüben im Supermarkt mal gucken, ob es Marshmallows gibt? Wir wollen heute Abend ein Lagerfeuer machen. Und gegrillte Marshmallows schmecken einfach köstlich!«
»Klar machen wir das«, meint Conni sofort. Sie liebt Marshmallows, vor allem wenn sie über dem Feuer geröstet ganz dick und weich geworden sind.
»Prima. Fünf Tüten, würde ich sagen«, meint Frau Lindmann und gibt ihnen Geld. »Und wenn ihr das erledigt habt, könnt ihr auch schwimmen gehen. In Ordnung?«
Die drei nicken. »Danke«, murmelt Billi noch.
»Die Lindmann ist doch wirklich voll okay«, meint sie, als sie wenig später zum Supermarkt bummeln.
»Na ja!« Conni zuckt mit den Achseln. Aber dass sie nun doch noch ans Meer können, findet sie schon ganz nett.

In dem großen Supermarkt an der Ecke gibt es fast alles. Auch Marshmallows. Und noch etwas gibt es dort. Vorne bei der Kasse steht ein großer Korb mit Einwegkameras.

»Guckt mal, hat Mark nicht auch so eine?«, fragt Conni.
Billi fischt sich eine heraus und mustert sie genau. »Ja, klar. Wahrscheinlich hat er sie hier gekauft.«
»Dann kaufen wir uns jetzt auch so ein Ding!« Conni grinst.
Billi versteht nicht. »Wieso das denn? Du hast doch deinen Fotoapparat dabei?«
Aber Dina grinst auch. »Sag bloß, du willst Mark dann die neue Kamera unterschieben?«
»Ja, wir vertauschen die beiden Kameras einfach! Und Mark wird gar nicht merken, dass wir seine Fotos haben!« Conni strahlt.
»Eine super Idee!«, lacht Billi und kramt in ihrem Portemonnaie. »Kommt, wir schmeißen zusammen!«

Auf dem Rückweg zum Schullandheim überlegen sie, wie sie am besten vorgehen.
»Wir müssen noch ein paar Fotos verknipsen, damit nicht gleich auffällt, dass der Apparat neu ist«, meint Billi. »Los, gib mal her!«
Billi fotografiert Blumen am Wegrand, Möwen am Himmel und das Schullandheim. »Der wird sich wundern, wenn der die Fotos entwickeln lässt und völlig andere Bilder bekommt!«
»Ich kann mir so richtig sein dummes Gesicht vorstellen!« Dina kichert.
»Was meint ihr, wie der erst guckt, wenn da noch ein paar Fotos von uns dabei sind!« Conni streckt die Zunge raus. »Los, knips schon!«

»Nee, dann weiß er ja, dass wir den Apparat vertauscht haben«, sagt Billi.
»Na und? Aber erst zu Hause, wenn's zu spät ist!« Conni lacht. »Wir haben doch keine Angst vor dem. Soll er doch ruhig wissen, wer ihn reingelegt hat!«
»Stimmt, wieso eigentlich nicht!« Billi lacht auch und schießt endlich das Foto von der triumphierenden Conni. Dann knipst Conni Billi. »Los, Dina, jetzt du!«
»Muss das sein?«, fragt Dina ängstlich.
»Warum denn nicht?« Conni zwinkert Dina aufmunternd zu. »Mark wollte unbedingt Fotos von uns machen. Hat ihn niemand zu gezwungen. Im Gegenteil. Warum soll er dann keine haben?«
»Der wird sich ganz schön umgucken, wenn der die neuen Bilder sieht!« Billi kichert.
»Komm, wir machen eins von uns dreien zusammen«, schlägt Conni vor. Sie schaut sich die Kamera genauer an. »Mist, hat keinen Selbstauslöser. Dann machen wir das so!« Sie stellt sich neben Billi. »Los, Dina! Wir zeigen Mark jetzt mal, dass wir uns von ihm nicht alles gefallen lassen!«
»Okay!« Dina gibt sich einen Ruck.
Zu dritt grinsen sie frech in die Kamera, die Conni im ausgestreckten Arm hält. Klick! Sie drückt auf den Auslöser.

»Das hätten wir!« Im Schullandheim lässt Conni die Kamera in ihrer Strandtasche verschwinden. Die drei Freundinnen ziehen rasch ihre Badesachen an und gehen los.
»Ihr habt vielleicht was versäumt!« Paul grinst sie an, als sie

am Strand ankommen. »Heute früh hatten wir die Quallenschlacht des Jahrhunderts!«
»Ist ja irre«, sagt Conni, ohne die Miene zu verziehen.
»Tja, ihr habt echt Pech. Jetzt sind die Quallen wieder weg!« Paul grinst immer noch. Die Mädels haben es ja auch nicht anders verdient. Sich mitten in der Nacht bei ihnen hereinzuschleichen!
»Mann, so was Doofes!« Conni scheint sich wirklich zu ärgern, dass sie die Quallen verpasst hat. Dina kann es kaum glauben. Quallen! Urg!
Doch kaum ist Paul nicht mehr in Hörweite, kichert Conni los. »Ich würde mal sagen, wir haben rein gar nichts versäumt. Oder steht ihr auf Quallen?«
»Iih! Nein danke!« Billi verzieht das Gesicht.
Dina grinst erleichtert. »Und ich dachte schon, du bist echt enttäuscht!«
»Wegen der Glibberdinger? Nee!« Conni lacht.
Dina guckt aufs Meer. »Meint ihr, da sind immer noch welche drin?«
»Das haben wir gleich!« Mit den Füßen watet Billi ins seichte Wasser. »Hier ist nirgends eine zu sehen. Dann sind auch weiter draußen keine mehr!«, meint sie.
»Sicher?«, fragt Dina.
»Sicher!«, meint Conni. »Sonst würde Anna da niemals reingehen. Das weiß ich zufällig ganz genau!«

Im Meer, nicht weit von ihnen, sitzen Janette, Saskia und Ariane zusammen auf einer rosa Luftmatratze und lassen sich von Anna durchs Wasser ziehen.

»Los, schneller, Anna!«, kreischt Janette.

Anna prustet. Sie hat eine ordentliche Ladung Wasser geschluckt. »Kann ich nicht auch mal mit auf die Luftmatratze?«

»Nee, einer muss ziehen, sonst macht das keinen Spaß!«, meint Ariane.

»Aber ich zieh doch schon die ganze Zeit«, japst Anna. »Können wir nicht mal tauschen?«

»Später!«, ruft Janette. »Und jetzt mach schon! Stell dich nicht so an!«

Conni grinst. »Hat Anna nicht tolle neue Freunde?«, meint sie spöttisch.

Sie legt die Arme um Billi und Dina. »Also, ich bin echt froh, dass ich euch habe!«

Und damit rennen die drei ins Wasser und werfen sich in die Wellen. Dick mit Sonnenmilch eingeschmiert liegen sie später auf ihren Handtüchern im Sand. Heimlich beobachten sie die Jungs.

»Ob Mark die Kamera dabeihat?«, fragt Dina.

»Bestimmt! Im Rucksack wahrscheinlich!«, vermutet Billi.

Conni klopft verschwörerisch auf ihre Tasche. »Genau wie wir!«

Ungeduldig warten sie auf eine günstige Gelegenheit, die Kameras auszutauschen.

Doch noch liegen die Jungs faul im Sand und spielen Karten.

»Können die nicht mal baden gehen?«, seufzt Conni.

Sie kann es kaum erwarten, ihren großen Coup zu landen.

Da! Paul steht auf.
Doch die anderen bleiben liegen. Paul trottet nur kurz zur Imbissbude, um für alle ein Eis zu holen.
Wieder nichts! Conni verdreht die Augen.
Mark kramt in seinem Rucksack.
»Passt auf, jetzt holt er die Kamera!«, flüstert Dina aufgeregt.
Und richtig: Mark zieht die Kamera heraus, um von seinen Kumpels einen Schnappschuss mit Eis zu machen. Danach legt er den Fotoapparat neben sich aufs Handtuch.
»Kommt, das ist die Gelegenheit!« Entschlossen zieht Conni ihr Haargummi fest. »Wir machen das jetzt nämlich so!« Wispernd verrät sie Dina und Billi ihren Plan.
Langsam bummeln sie dann zu den Jungs hinüber.
»Tut uns leid wegen gestern Nacht. War echt blöd von uns!«, meint Conni. Mark und die anderen schauen erstaunt hoch.
»Ihr habt ja eure Strafe bekommen!« Mark grinst. »War's schön beim Putzen?«
»Wir haben Müll gesammelt.« Billi seufzt ein bisschen zu übertrieben, findet Conni. Doch die Jungs lachen sich scheckig. »Müll sammeln! Das ist ja noch besser!«
Billi hat Pauls Schnorchelsachen entdeckt. »Hast du Fische gesehen?«, fragt sie ehrlich interessiert.
»Nee, nur braune Brühe«, meint Paul.
Billi nickt. Sie hat beim Schnorcheln auch nicht viel gesehen.
Conni greift wie beiläufig nach Marks Kamera. »Hat die eigentlich auch einen Blitz?«, fragt sie und gibt sie gleich

darauf an Billi weiter. »Guck mal, das Ding sieht gar nicht mal so übel aus!«
Mark vergeht das Lachen. »He!«, brüllt er. »Gebt die sofort her!«
»Ja, ja. Stell dich doch nicht so an!«, meint Conni und tappt Mark beruhigend auf die Schulter.
»Guckt mal, ein Wal!«, ruft Dina dazwischen. Alle wirbeln herum und starren aufs Meer.
»Wo denn?«, fragt Paul.
»Dahinten!« Dina zeigt zum Horizont. »Für einen ganz kleinen Moment ist da was aufgetaucht! Sah aus wie ein Wal.«
Die Jungs recken die Hälse. Doch außer Wellen ist nichts zu sehen.
Dina zuckt mit den Schultern. »Tja, jetzt ist er weg!«
Währenddessen hat Billi blitzschnell unter ihrem Handtuch die beiden Kameras vertauscht. Nun reicht sie Conni den neuen Apparat. »Nicht schlecht«, sagt sie dabei. »Vielleicht sollte ich mir auch so was kaufen.«
Mark wirbelt herum. »Jetzt gib endlich her!«
»Bitte schön!« Conni gibt ihm die Kamera. »Man darf ja wohl mal gucken!«
»Gucken ja, aber mehr auch nicht!« Mark lässt die Kamera in den Tiefen seines Rucksacks verschwinden.
Conni muss sich das Lachen verkneifen. »Na, dann einen schönen Tag noch!«, meint sie und zieht mit Billi und Dina ab.
Sie packen ihre Sachen, um die Beute sofort in Sicherheit zu bringen. Der Fotoapparat landet, in ein altes T-Shirt gewickelt, in Dinas abschließbarem Koffer.

Die drei müssen immer noch lachen.
»Das mit dem Wal war einfach klasse«, kichert Billi. »Alle haben aufs Meer geglotzt! Und keiner hat was gemerkt!«
Conni gluckst: »Keiner!«

Vor dem Abendbrot ist noch etwas Zeit. Conni kramt ihr Tagebuch aus der Reisetasche, schnappt sich einen Stift und läuft noch einmal alleine zum Strand hinunter.
Jetzt um die Zeit ist kaum jemand da. Die Strandkörbe sind leer. Nur ein paar Spaziergänger laufen am Strand entlang.
Conni verkrümelt sich in einen der hintersten Strandkörbe. Er ist so gedreht, dass man sie weder vom Sandweg noch vom Strand aus sehen kann. Und das ist gut so.
Conni schlägt ihr Tagebuch auf.

TRIUMPH: Wir haben Markes Kamera vertauscht!!! Und zwar vor seinen Augen! Und der Döskopp hat nichts gemerkt!

Conni will das Tagebuch schon wegpacken. Doch sie zögert plötzlich. Über die ganze Geschichte mit Anna hat sie kein Wort verloren. Seufzend umschlingt Conni ihre Beine und legt den Kopf auf die Knie. Sie muss nachdenken. Für einen Moment schließt sie die Augen. Dann greift sie entschlossen nach dem Stift:

Anna ist nicht mehr meine Freundin. Seit heute oder, besser gesagt, seit gestern Abend...

Kaum hat sie zu schreiben begonnen, kann sie gar nicht wieder aufhören. Ganze zwei Seiten schreibt sie voll, bis sie von ferne die Essensglocke leise läuten hört. Gut, sie ist eh fertig. Conni klappt ihr Tagebuch zu. Oma hat Recht, denkt sie, als sie zum Schullandheim zurückläuft. Irgendwie geht es ihr wirklich besser, jetzt, wo sie sich alles von der Seele geschrieben hat.

So schlecht wie der Tag begonnen hat, so schön endet er.
Stolz über ihren Coup mit der Kamera sitzen Conni, Billi und Dina am Abend mit den anderen zusammen am Lagerfeuer. Über ihnen funkeln die Sterne. Frau Stern erzählt die grässlichsten Schauergeschichten. An langen Stöcken schmoren sie Marshmallows, die über dem Feuer dreimal so groß und herrlich schaumig werden. Lecker!
Nur wenn sie an Anna denkt, bekommt Conni plötzlich einen Stich ins Herz. So als würde man eine Stricknadel hineinjagen. Und es ist gar nicht so einfach, nicht an sie zu denken. Wo doch Anna nur ein paar Plätze weiter am Lagerfeuer sitzt.

»Hoffentlich werden wir nicht wieder seekrank«, meint Dina und guckt ihr Frühstücksbrötchen so merkwürdig an. »Letztes Mal bin ich fast gestorben!«
»Ich auch«, meint Conni und grinst. Heute geht es nämlich wieder auf die hohe See hinaus. Mit einem echten Segelschiff wollen sie die Küste entlangsegeln.
»Stellt euch nicht so an!« Billi ist ganz scharf auf den Segeltörn. »Mit einem Segelschiff können wir viel eher Schweinswale sehen. Der Kutter hat mit seinem verflixten Dieselmotor doch alle verscheucht!«
»Ja, ja, Billi und die Schweinswale!« Conni kichert.
Dina kichert auch. »Klingt irgendwie doof: Schweinswale!«
Sie zieht ihren kleinen Zeichenblock aus der Tasche, schlägt ihn auf und malt einen Wal mit Schweineschnauze und Ringelschwänzchen. »So ähnlich stelle ich mir die vor!«
»Ach was!« Wenn es um ihre Tiere geht, versteht Billi keinen Spaß.
»Und so sieht ein Schweinswal aus, wenn er seekrank wird!« Mit ein paar schnellen Strichen malt Dina noch einen Schweinswal mit verdrehten Augen und hängender Zunge.
Jetzt muss auch Billi lachen.

»Wird schon alles gut gehen«, sagt Conni. Sie hat jetzt auch Lust auf den Segeltörn. »Und wenn nicht«, grinst sie, »dann tauschen wir Marks Fotoapparat eben noch einmal aus!«

Wieder radelt Frau Lindmann mit ihrer Klasse zum Hafen.
Conni, Dina und Billi fahren neben Frau Stern her.
»Was habe ich für ein Glück, dass ich mit euch auf Klassenfahrt gehen durfte«, sagt sie lachend.
»Schade, dass wir Sie nicht auch im Unterricht haben«, meint Dina.
»Wer weiß. Das kann ja noch kommen«, sagt Frau Stern augenzwinkernd und tritt in die Pedale.

Hinten an der Kaimauer liegt ein alter Klipper mit zwei Masten und einer kleinen Kajüte. Auf einem schmalen Steg balancieren sie nacheinander über das trübe Hafenwasser.
»Willkommen an Bord!«, brüllt der Kapitän. »Also ihr seid für heute meine Mannschaft.« Er zwirbelt seinen roten Vollbart und schaut sich um. Er nickt. So schlecht scheint er die neue Mannschaft nicht zu finden. »Ab jetzt hört alles auf mein Kommando. Und als Erstes zieht sich hier jeder eine Weste über!«
Der Matrose, der mit an Bord ist, klappt eine riesige Kiste auf, randvoll gefüllt mit quietschgelben Rettungswesten.
»Och, muss das sein?«, stöhnt Mark. »Auf dem Kutter hatten wir doch auch keine an!«
»Das hier ist aber ein Segelschiff. Und wenn beim Wenden

der Baum umschwenkt, kann der euch – zack – von Bord putzen!«
Auch Janette verdreht die Augen. »Wir sind doch keine Babys mehr!«
»Nicht?« Der Käpten grinst kurz, bevor sich seine zotteligen Brauen zusammenziehen. »Hört mal alle her. Ich bin der Käpten, und wer auf meinem Schiff fahren will, der zieht Rettungswesten an!«
»Auch die, die schwimmen können?«, versucht es Mark noch einmal. Wenn auch sehr leise.
Der Kapitän wirft ihm einen vernichtenden Blick zu. Noch ein Wort und ich lass dich kielholen, scheint er zu denken. Aber stattdessen sagt er: »Mir wäre beinahe mal jemand abgesoffen.«
Was? Das ist ja schrecklich. Conni schluckt. »Aber es ist alles gut gegangen, oder?«
»Ja«, brummt der Käpten. »Weil ich stante pede hinterhergesprungen bin und ihn rausgefischt habe. Erst dachte ich schon, der sei hinüber, aber dann habe ich das Wasser aus ihm rausgepumpt. Die halbe Nordsee hat der verschluckt!«
Alle hören schweigend zu. »Was meint ihr, wie mir zu Mute war, bis der endlich wieder die Augen aufgeschlagen hat?« Der Kapitän streicht sich über seinen Bart. »Das will ich nie wieder erleben«, sagt er dann. »Also, entweder die Westen oder ihr könnt gleich wieder von Bord!«
Conni greift in die Kiste, schnappt sich eine Rettungsweste und reicht auch gleich welche an Billi und Dina weiter.
Der Kapitän wartet, bis alle eine Weste übergezogen und ordentlich zugebunden haben.

»Na also. Warum nicht gleich so?«, murmelt er.
»Ganz schön unbequem«, mault Billi. Die Weste ist ihr viel zu groß.
»Und heiß!«, stöhnt Dina.
Das stimmt allerdings: Bei der Hitze möchte man sich lieber aus- statt anziehen.
»Gangway einholen!«, ruft da der Kapitän. Und plötzlich spielen die Westen keine Rolle mehr. Denn jetzt helfen alle die Leinen einzuholen. Selbst beim Setzen der Segel müssen sie mit anpacken.
»Hau ruck!«, ruft der Käpten. Conni zieht kräftig mit am Tau und fühlt sich, als wäre sie schon immer zur See gefahren.
Der Wind bläht die Segel. Der Holzmast ächzt und stöhnt. Erst langsam, dann immer schneller gleitet das Schiff über das Meer. Conni schaut blinzelnd über die leicht gekräuselte Nordsee. Von ihr aus könnten sie gleich bis nach Amerika fahren!
»Cremt euch ein und setzt euch was auf den Kopf!« Frau Lindmann hat vor lauter Sonnenmilch ein käseweißes Gesicht und trägt dazu ein grün kariertes Sonnenhütchen. »Auf dem Wasser holt man sich leicht einen Sonnenstich!«
Die Mädchen kichern. Aber Frau Lindmann ist mit ihrem Sonnenschutz ebenso hartnäckig wie der Kapitän mit den Rettungswesten.

Sie segeln nah an der Küste entlang. Vom Meer aus sehen sie das Vogelschutzgebiet und die riesigen Wanderdünen.

»Die wandern bis zu vier Meter im Jahr«, sagt Frau Lindmann. »Früher gab es hier nur Wanderdünen. Die meisten hat man bepflanzt, damit die Dünen an Ort und Stelle bleiben. Aber mehr erzählt euch Paul darüber.«
Nun ist Paul mit seinem Referat zum Küstenschutz dran.
»Ständig spült das Meer Sand von der Insel weg«, beginnt er. »Am schlimmsten ist es bei einer Sturmflut. Vor ein paar Jahren wurden dabei auf einen Schlag zwei Millionen Kubikmeter Sand und Dünen weggeschwemmt.«
Boh! Conni staunt. Das klingt nach ziemlich viel.
»Um das wieder auszugleichen, werden riesige Mengen Sand vom Meeresgrund geholt und an den Strand gespült«, berichtet Paul. Und er erzählt weiter von Dünen, Deichen und Wellenbrechern.
Danach hat der Kapitän noch eine Überraschung für sie. Er verteilt an alle kurze, dünne Taue. Und während der Matrose Kurs hält, zeigt er seiner Mannschaft die wichtigsten Seemannsknoten. Los geht es mit dem Halben Schlag, der nicht schwieriger ist als ein ganz normaler Knoten. Komplizierter wird es dann beim Achtknoten und erst recht beim Palstek.
»Mit dem Kreuzknoten verbindet man zwei Taue miteinander«, verrät der Käpten dann. »Leiht euch gegenseitig eure Leinen aus, dann könnt ihr den auch mal probieren. Aufgepasst, ich mach's noch einmal ganz langsam vor.«
Am Schluss darf jeder seine Leine behalten.
»Damit ihr zu Hause noch ein bisschen üben könnt.« Der Käpten zwinkert ihnen zu.
Am roten Kliff, einem steilen Abhang am Strand, der tat-

sächlich ein bisschen rot ist, wendet der Klipper und es geht langsam wieder zurück.
Das Schiff gleitet ruhig dahin. Für die Mannschaft gibt es nun kaum etwas zu tun und so darf jeder machen, was ihm gefällt.
Paul hat sich beim Frühstück Brötchen eingesteckt und füttert jetzt die Möwen. Kreischend kreisen sie über ihm und schnappen im Flug die Brotstücke. Klatsch! Plötzlich hat Paul einen dicken weißen Klecks auf dem Kopf.
»Scheiße!«, ruft er.
»Im wahrsten Sinne des Wortes!« Mark brüllt vor Lachen und macht natürlich gleich ein Foto.
Conni, Dina und Billi stehen am Heck und halten nach Schweinswalen Ausschau. Ohne Erfolg allerdings.
Vorne am Schiff haben sich Janette, Saskia und Ariane zum Sonnen ins Klüvernetz gelegt.
Anna kommt dazu. »Macht doch mal ein bisschen Platz!«
»Ach, nö!«, mault Saskia. »Hier ist es eh schon eng genug!«
»Das find ich auch!«, meint Janette genervt. »Was hängst du auch immer bei uns rum?«
Anna ist völlig verdattert. »Ich dachte, wir sind Freundinnen!«
»So, dachtest du!« Ariane lacht kurz auf. »Falsch gedacht!«
»Wird wohl Zeit, dass wir ihr mal die Wahrheit sagen.« Gelangweilt lutscht Janette an ihrem Lolli.
»Wie? Was ist denn plötzlich?« Anna ist völlig fassungslos.
»Die hat echt nichts gemerkt?« Janette fasst sich an den Kopf. »Du bist ja noch doofer als Brot!«

»Was denn gemerkt?«, fragt Anna. In ihrem Kopf dreht sich alles.
»Dass wir dich für total bekloppt halten!«, antwortet Ariane.
»Was meinst du, warum wir uns mit dir abgegeben haben?« Janette blickt Anna herausfordernd an. »Doch nur, um der beknackten Conni eins auszuwischen!«
»Und du hast erstklassig mitgespielt!« Saskia und Ariane grinsen. »Tja, vielen Dank, Anna!«
Anna steht wie versteinert da. »Ich versteh das alles nicht«, stottert sie. Ihre Augen schwimmen in Tränen.
»Klar verstehst du das nicht, Annalein! Du bist ja auch ein …« Ariane wedelt mit der Hand vor ihrem Gesicht herum.
Janette nimmt kurz den Lolli aus dem Mund. »Wir hatten keine Lust, dass Conni eine Freundin hat«, erklärt sie kühl. »Also haben wir euch auseinandergebracht. Das ist alles.«
Für einen Moment vergisst Anna ganz zu atmen. Es war alles ein abgekartetes Spiel! Sie sollte Conni die Freundschaft kündigen, genau wie sie es getan hat! Wie konnte sie nur so doof sein? Conni ist seit Jahren ihre allerbeste Freundin. Und jetzt? Trotz Sommerhitze wird ihr auf einmal eisekalt. Nur die Tränen laufen heiß die Wangen hinunter.
Anna schnappt nach Luft. »Das werde ich Conni erzählen und dann …«
Janette lacht auf. »Du willst dich mit Conni versöhnen? Du glaubst doch nicht echt, dass sie jetzt noch etwas mit dir zu tun haben will!«
Anna starrt sie entgeistert an. Was, wenn Janette Recht hat?

»Tschüss, Anna!«, flötet Saskia zuckersüß.
Anna dreht sich blitzschnell um und rennt übers Deck davon.
»Und wehe, du nervst uns noch einmal!«, brüllt Janette ihr hinterher.

Anna flüchtet unter Deck ins Klo. Es soll sie keiner heulen sehen.
Fürs Naseputzen und Tränenwegwischen geht bestimmt eine halbe Rolle Klopapier drauf. Denn immer wenn sie sich gerade etwas beruhigt hat, pladdern die Tränen wieder los. Wenn sie daran denkt, wie unglaublich fies Janette, Saskia und Ariane zu ihr waren. Und wie dumm sie war auf die drei hereinzufallen. Am schlimmsten ist aber die Angst, dass sie Connis Freundschaft jetzt vielleicht für immer verloren hat …
Anna betrachtet ihre rot geheulten Augen im Spiegel. Dieser blöde rosa Lidschatten macht alles noch viel schlimmer! Mit Wasser und Seife schrubbt Anna Janettes Glitzerlidschatten weg.

So ist es schon besser. Sie versucht zu lächeln. Doch die Anna im Spiegel sieht nicht gerade überzeugend aus.
Wahrscheinlich ist ihr eh nie wieder zum Lachen zu Mute, so allein, ohne Freunde.
Anna schnieft ins Klopapier. Ihre Nase ist schon ganz wund davon.
»Hallo? Alles in Ordnung da drinnen?«, ruft Frau Stern plötzlich durch die Tür.

»Ja, ja, alles okay!« Schnell wischt sich Anna noch einmal über die Augen und schlüpft aus der Toilette.
»'tschuldigung«, murmelt sie und macht, dass sie aus der Kajüte kommt.
Frau Stern schaut ihr nachdenklich hinterher.
Draußen verkriecht sich Anna in eine ruhige Ecke. Sie versucht nachzudenken. Sie muss mit Conni reden. Aber wie? Was soll sie ihr sagen?
Heimlich schaut sie zu Conni rüber. Sie steht mit Dina und Billi an der Reling und scheint sie überhaupt nicht zu vermissen. Nicht ein bisschen!

»Immer noch nichts!« Enttäuscht lässt Billi ihr Fernglas sinken. Jetzt sind sie schon auf der Rückfahrt. »Und ich hatte so gehofft einen Schweinswal zu sehen!«
»In Griechenland habe ich mal Delfine gesehen«, erzählt Conni. »Sie sind neben unserem Boot hergeschwommen. Und dann sind sie gesprungen. Hoch in die Luft! Es war einfach toll!«
»Ich würde auch gern mal Delfine sehen«, murmelt Billi.
»Ich auch!«, meint Dina. »Am liebsten würde ich mit ihnen zusammen schwimmen. Meine Kusine hat das mal in Amerika gemacht. Die Delfine kommen ganz nah ran und man kann sie streicheln. Irgendwie scheinen sie Menschen zu mögen!«
»Delfine helfen auch Leuten in Seenot«, weiß Billi. »Und neulich stand in der Zeitung, dass Delfine einen Mann vor einem Hai gerettet haben. Sie sind im engen Kreis um ihn herumgeschwommen, damit der Hai nicht an ihn ran-

konnte. Das haben sie so lange gemacht, bis ein Boot zu Hilfe kam und der Mann aus dem Wasser gezogen wurde.«

»Echt?« Conni hört gebannt zu. »Gibt es hier eigentlich auch Haie?«, fragt sie dann.

Doch bevor Billi antworten kann, hat Conni draußen auf dem Meer etwas entdeckt. »Guckt doch mal!«, ruft sie. »Das könnte ein Schweinswal sein!«

»Wo denn?«, fragt Billi aufgeregt und schaut angestrengt in die völlig falsche Richtung.

»Da! Komm, gib doch mal her!« Conni schnappt Billi einfach das Fernglas weg. Es dauert einen Moment, bis sie den dunklen Schatten mit dem Fernglas gefunden hat. Auf dem Wasser tanzt er auf und ab. Er ist immer nur für einen kurzen Moment zu sehen, dann schwappt wieder eine Welle davor.

»Verflixt noch mal!«, schimpft sie. »Man kann kaum was sehen. Aber da schwimmt was!«

Billi guckt jetzt auch durchs Fernglas. Und dann Dina. Aber keine von ihnen kann etwas Genaueres erkennen. Sie sind einfach noch zu weit weg.

»Kommt, vorne können wir besser sehen«, meint Dina. Sie laufen zum Bug des Schiffes. »Gleich wissen wir, was es ist. Wir fahren direkt darauf zu!«

Die Freundinnen tauschen das Fernglas hin und her.

»Es ist eine Robbe!«, ruft Conni plötzlich. Sie hat die Schnauze gesehen. So eine Schnauze haben nur Robben! Da ist Conni sich ganz sicher.

»Sie rührt sich nicht vom Fleck. Ob sie sich ausruht?«, fragt Billi verwundert.

»Vielleicht will sie sich ja sonnen, um noch brauneres Fell zu kriegen«, kichert Dina mit einem Seitenblick auf Janette, die sonnenölglänzend im Klüvernetz liegt.
»Bestimmt!«, lacht Conni. Sie hat wieder das Fernglas. »Irgendetwas stimmt da nicht«, murmelt sie dann. »Es ist, als ob die Robbe irgendwie im Wasser festhängt!«
»Wie kann man denn im Wasser festhängen?«, fragt Billi kopfschüttelnd. Aber als sie selbst durch das Fernglas guckt, versteht sie, was Conni meint. Die Robbe zappelt, dreht und wendet sich und kommt doch nicht von der Stelle.
»Komisch«, meint Billi.
»Da, schau mal, da schwimmt noch was im Wasser!«, ruft Dina.
Billi schwenkt das Glas zur Seite. »Sieht aus wie Seetang.«
»Vielleicht hat sich die Robbe darin verheddert?«, meint Conni.
»Im Seetang verheddert?« Billi stutzt.
»Wie auch immer«, ruft Conni ungeduldig, »da ist was faul! Kommt, wir gehen zum Käpten!«
Conni rennt zum Heck zurück. Billi und Dina haben Mühe, Schritt zu halten. Atemlos kommen sie beim Kapitän an, der mit einer Pfeife im Mund am Steuerstand steht.
»Im Meer schwimmt eine Robbe!«, platzt Conni los.
Der Käpten nickt. »So was kommt vor.«
Conni schnappt nach Luft. »Aber mit der Robbe stimmt was nicht!«
»So, so.« Der Käpten bläst seelenruhig den Rauch in die Luft.

»Wir müssen ihr helfen!«, ruft Conni. »Sie müssen sofort das Schiff anhalten!«
»Was muss ich?«
»Das Schiff stoppen!«, wiederholt Billi eindringlich.
»Nun mal sachte. Ich muss gar nichts«, sagt der Kapitän und grient. »Es ist schließlich noch keine Robbe im Meer ertrunken.« Dann zieht er an seiner Pfeife und hält weiter Kurs. Für ihn ist die Sache damit erledigt.
Dina will schon aufgeben, aber Conni und Billi lassen sich nicht so leicht abschütteln. Schon gar nicht, wenn es um Tiere geht.
»Aber schauen Sie doch selbst«, drängt Conni und zeigt aufs Meer. Inzwischen ist die Robbe auch mit bloßem Auge zu sehen.
»Tatsächlich!«, ruft der Matrose von der Reling. »Sehen Sie, Käpten, da, steuerbord voraus! Warum schwimmt das dumme Biest denn nicht weg?«
»Weil es die Robbe nicht kann!«, erklärt Conni ungeduldig. »Sie hängt fest, an irgendeinem Tangbüschel!«
»Sie braucht unsere Hilfe! Bitte halten Sie an!«, bettelt Billi wieder.
»Ich stopp das Schiff doch nicht wegen jeder Robbe, die im Meer schwimmt!« Der Kapitän zieht wieder an seiner Pfeife.
»Nicht? Das wollen wir doch erst mal sehen«, zischt Conni. »Los, kommt!«, ruft sie Dina und Billi zu. Und schon sind die drei hinter der Kajüte verschwunden.
Der Käpten schaut ihnen nach. Langsam bläst er seinen Tabakrauch in den Wind.

Das mit der Robbe hat sich in Windeseile herumgesprochen. Fast alle haben sich backbord an der Reling versammelt und schauen ins Meer. Conni drängelt sich an ihnen vorbei.

»Du willst doch jetzt nicht aufgeben!«, japst Billi hinter ihr.

»Im Gegenteil«, keucht Conni. »Wenn der Käpten nicht hilft, helfen wir eben!«

»Wie denn?«, fragt Billi verzweifelt. Die Robbe ist nur noch wenige Meter entfernt. »Was können wir schon machen?«

»Springen!« Conni streift sich Schuhe und Shorts ab. Und schon klettert sie über die Reling.

»Conni!«, schreit Dina aufgeregt. »Du wirst doch nicht …«

Connis Herz rast. Mit der Hand klammert sie sich an der Reling fest. Soll sie wirklich? Das Wasser sieht verflixt tief aus. Aber sie trägt ja die Rettungsweste. Und zur Not ist die Küste auch nicht weit, oder? Gerade fahren sie an dem Seehund vorbei. Hilflos zappelt er im Wasser.

Da lässt Conni einfach los und springt. Alle halten die Luft an. Das Wasser spritzt auf. Für einen winzigen Augenblick ist Conni verschwunden. Doch dann treibt sie mit ihrer Rettungsweste oben auf den Wellen und wischt sich die nassen Haare aus dem Gesicht.

Billi schluckt. Es ist der einzige Weg, der Robbe zu helfen.

Schon schlüpft sie aus den Turnschuhen und springt als Nächste.
»Was ist denn da los?« Der Matrose eilt an die Reling und wird blass. »Zwei Mann über Bord!«, brüllt er.
Dem Käpten fällt die Pfeife aus dem Mund. »Heiliges Kanonenrohr!«
Alle starren Conni und Billi hinterher, die in Richtung Robbe kraulen. Sie ist nur eine knappe Schwimmbadlänge von ihnen entfernt. Doch gegen die Wellen anzuschwimmen ist gar nicht so einfach.
Keiner merkt, wie Dina über die Reling klettert. Für einen Moment starrt sie ins Wasser unter sich. Sie hält die Luft an. Ist das hoch! Wie auf dem Dreier! Und das Wasser ist nicht hell und klar wie im Schwimmbad, sondern dunkel und undurchsichtig. Fast schwarz. Und mit Fischen und Quallen drin! Dina schluckt. Aber sie kann doch Billi und Conni nicht im Stich lassen!
Anna hat von ihrem Winkel aus alles beobachtet. Auch wie Conni, Billi und Dina den Käpten um Hilfe baten. Wahnsinn! Sie schüttelt den Kopf. Was für eine irre Idee. Jetzt muss der Käpten das Boot doch stoppen! Anna gibt sich einen Ruck, kämpft sich zu Dina durch und klettert ebenfalls über die Reling. Sie nimmt Dinas Hand. »Komm, wir springen zusammen«, raunt sie ihr zu.
»NICHT!«, brüllt der Matrose und stürzt zu den beiden hin. Aber zu spät!
Dina kneift die Augen zu, als sie durch die Luft fliegt. Ungläubig starrt Paul ihr hinterher, dann stößt er Mark in die Rippen: »Komm! Wenn selbst Dina springt …«

Doch nicht nur Paul und Mark kicken ihre Schuhe beiseite.
Jetzt wollen alle die Robbe retten. Es gibt kein Halten mehr. Da hilft es auch nicht, dass Frau Lindmann über die Planken hastet. »NEIN! Hiergeblieben!«, ruft sie außer sich. Sie und Frau Stern waren doch nur einen Moment unter Deck, um alles für ein kleines Picknick vorzubereiten!
Zusammen mit dem Matrosen versucht Frau Stern noch den einen oder anderen zu halten, doch viel können sie nicht ausrichten.
»Los, machen Sie doch was!« Frau Lindmann läuft zum Käpten rüber. Sie ist ganz blass vor Schreck.
»Bin schon dabei!« Der Kapitän wendet das Schiff und fährt mit dem Hilfsmotor vorsichtig längsseits an die Kinder heran.
Der Matrose lässt an der Bordwand eine Strickleiter hinunter.
»Ihr kommt sofort wieder an Bord!«, brüllt Frau Lindmann. »Und zwar alle!«
Dina strampelt im Wasser, um besser gucken zu können. Die Wellen, die vom Schiff aus kaum zu sehen waren, werfen sie hin und her. Bis zur Robbe ist es noch ein gutes Stück. Weiter als bis zum Schiff. Und Frau Lindmanns Stimme klingt alarmierend.
Anna hustet. Sie hat schon wieder Wasser geschluckt.
»Und jetzt?«, ruft Dina ihr zu.
Anna schaut sich um. Alle anderen schwimmen tatsächlich zum Schiff zurück.

»Dina, Anna, hierher!«, ruft Frau Lindmann jetzt mit einem Megafon bewaffnet.
Nun müssen sie wohl zurück. Anna ist beinahe ein bisschen erleichtert. Das Wasser ist eisig. Und in den Wellen kommt man kaum voran. Obwohl Anna doch so gut schwimmen kann.
Prustend und zitternd kommen sie am Schiff an und klettern mit letzter Kraft die Leiter hoch. Die anderen stehen dicht gedrängt nebeneinander. Alle tropfnass.
»Was habt ihr euch nur dabei gedacht!« Frau Lindmann ist immer noch kreideweiß.
»Wisst ihr eigentlich, wie gefährlich das ist? Es hätte wer weiß was passieren können!«, donnert der Käpten los, doch Frau Stern fällt ihm ins Wort. »Wir sind fast gestorben vor Angst! Mitten in die Nordsee zu springen!« Ihre Stimme überschlägt sich fast. Keiner hätte gedacht, dass sie so wütend werden kann. »Das macht ihr nie, nie wieder!«
Es ist ganz still an Bord. Die Kinder starren betreten zu Boden. Um ihre Füße haben sich kleine Pfützen gebildet.
Hastig verteilt Frau Stern die paar Handtücher und Decken, die sie unter Deck gefunden hat. Frau Lindmann rudert bereits mit dem Beiboot zu Conni und Billi hinaus, die ein gutes Stück weiter weg auf dem Meer schwimmen. Sie haben es als Einzige bis zum Seehund geschafft.

»O nein!«, keucht Billi. Erst aus der Nähe können sie sehen, was los ist: Der Seehund hat sich in einem alten Netz voller Tang verheddert. Und bei dem Versuch, sich zu

befreien, hat er das Fischernetz nur noch fester um sich herumgezurrt. Er kann sich kaum mehr bewegen.
Conni prustet. Immer wieder schwappen ihr Wellen ins Gesicht. »Wir kriegen dich los!«, ruft sie dem Seehund zu.
Doch als die beiden näher heranschwimmen, nimmt das erschöpfte Tier all seine Kräfte zusammen und dreht sich um die eigene Achse. Panisch vor Angst weicht es vor den Mädchen zurück. Immer wieder.
»Wir wollen nur helfen!«, erklärt Billi. Doch es hilft nichts. Die Robbe lässt die Mädchen nicht an sich heran.
»Verflixt!«, schimpft Conni. Ihre Arme und Beine sind schon ganz lahm. Doch sie denkt nicht daran aufzugeben.
Sie starten einen neuen Versuch. Der Seehund dreht und windet sich. Die Mädchen bekommen ihn einfach nicht zu fassen.
»Ohne Messer kriegen wir ihn nicht los!«, schreit Billi. Ihre Zähne schlagen bibbernd aufeinander. Ihr ist eisekalt. Lange hält sie das nicht mehr aus.
Auch Conni kann langsam nicht mehr.
»Conni! Billi!«, ruft Frau Lindmann vom Beiboot aus.
Conni dreht den Kopf. Die Lehrerin rudert direkt auf sie zu. Gleich ist sie bei ihnen und wird sie aus dem Meer fischen.
Conni keucht. »Los, noch einmal!«, schreit sie Billi zu. Ihr Herz rast. Der Lindmann ist die Robbe bestimmt völlig egal. Wenn sie es jetzt nicht schaffen, war alles umsonst!
Mit aller Macht versuchen Billi und Conni die Robbe zu packen, aber wieder entwischt ihnen der Seehund.
»Das reicht! Kommt an Bord!« Frau Lindmann ist nun direkt neben ihnen.

»Und die Robbe?«, ruft Conni verzweifelt.
»Um die kümmern wir uns gleich!«, verspricht Frau Lindmann.
Conni zögert. »Also gut.«
Billi und Conni schaffen es kaum, sich an der Bordwand hochzuziehen. Frau Lindmann hilft ihnen. Jetzt erst merken sie, wie erschöpft sie sind.
Frau Lindmann rudert tatsächlich zur Robbe hinüber. Ganz vorsichtig.
»Ein altes Fischernetz«, brummt Frau Lindmann, als sie bei der Robbe sind. »So eine Sauerei!«
Ehe sich's Conni versieht, hat die Lehrerin ein Taschenmesser gezückt, das an ihrem Schlüsselbund hängt. Sie reicht es Conni. »Hier, kapp die Schnüre. Ich versuche das Boot in Position zu halten!«
Sachte steuert Frau Lindmann das Ruderboot längsseits neben die Robbe. Blitzschnell packen Billi und Conni zu, halten den Seehund am Fischernetz fest und ziehen ihn ganz nah ans Boot heran. Geschickt durchschneidet Conni die Schnüre. Es klappt: Schon ist die Robbe frei!
Der Seehund dreht sich noch einmal und schüttelt dabei das Netz endgültig ab. Dann schwimmt er davon.
»Das war's«, seufzt Conni erleichtert.
Sie und Billi und Frau Lindmann schauen der Robbe hinterher. Bis diese im Meer verschwunden ist.
Vom fernen Segelschiff hört man Beifall und Jubelrufe.
Doch Frau Lindmann achtet nicht darauf. »Ist euch eigentlich klar, wie gefährlich das hier draußen ist?«, fragt sie eindringlich. »Das Meer ist kein Schwimmbad!«

Conni nickt schuldbewusst.
»Ich will gar nicht daran denken, was alles hätte passieren können!« Frau Lindmann guckt Conni und Billi nachdenklich an. »Ihr habt unglaubliches Glück gehabt!« Dann greift sie nach den Rudern. »Die Robbe allerdings auch«, murmelt sie dabei und lächelt zum ersten Mal. »Ohne euch hätte sie wohl kaum überlebt!«
Conni hebt überrascht den Kopf. »Und ohne Sie auch nicht«, gibt sie erleichtert zurück. Auf einmal findet sie Frau Lindmann überhaupt nicht mehr blöd.
Die Lehrerin rudert mit kräftigen, langen Zügen.
»Für euch bin ich also der Lindwurm«, sagt sie unvermittelt.
Conni und Billi werden bleich vor Schreck.
Doch Frau Lindmann lacht nur. »Was meint ihr, was unsere Lehrer damals für Spitznamen hatten!«
»Sie sind uns also nicht böse?«, fragt Billi vorsichtig.
»Ach was!«, meint Frau Lindmann. Und es klingt ganz so, als sei sie sogar ein bisschen stolz auf ihren Spitznamen.
»Mich wundert, dass ihr dieses altmodische Wort überhaupt kennt. Kein Mensch spricht heute noch vom Lindwurm, sondern nur noch vom Drachen.«
»Es gibt da so ein Gedicht«, erklärt Conni, »in dem ein Drache kein Lindwurm sein will, weil er alles andere als lind ist. Und dann gibt es da noch einen Schmetterling, der mit Schmettern nichts am Hut hat. Am Ende tauschen die beiden ihre Namen. Aus dem Schmetterling wird ein Lindling und aus dem Drachen ein Schmetterwurm. Und beide sind glücklich!«

»Und Arm in Arm verließ den Turm – ein Lindling und ein Schmetterwurm«, zitiert Frau Lindmann den Schlussvers.
»Sie kennen das auch?«
»Klar, das ist von Michael Ende«, meint Frau Lindmann. »Und woher kennst du das?«
Conni lächelt. »Mein Vater kann das auswendig.«
Frau Lindmann nickt. Für einen Moment sagt keiner etwas.
»Und warum nennt ihr mich dann Lindwurm und nicht Schmetterfrau?«, fragt Frau Lindmann plötzlich.
Conni und Billi müssen lachen. Auch Frau Lindmann lacht. Und dabei hat sie auf einmal genauso nette Lachfältchen um die Augen wie Connis Oma.
»Geht es euch gut?« Frau Stern reicht Conni und Billi ein Handtuch, kaum dass sie an Bord sind. Sie ist so erleichtert, dass sie gar nicht mehr schimpfen kann.
Der Käpten will gerade Luft holen, als Frau Lindmann ihm die Hand auf den Arm legt. »Ich übernehme das schon«, sagt sie freundlich, aber bestimmt. Der Käpten zieht die Augenbrauen zusammen, geht dann aber doch zum Achterdeck zurück, um alles für die Rückfahrt klarzumachen.
Im Nu sind Conni und Billi von allen umringt. Die ganze Klasse hat atemlos die Robbenrettung verfolgt.
»Das habt ihr toll gemacht«, meint Paul.
»Ja, ehrlich. Das war echt irre!«, ruft Dina. »Dass du dich das getraut hast, Conni!«
»Ihr habt euch doch auch alle getraut!«, gibt Conni zurück.
»Ja, ihr musstet alle dieser Idiotin hinterherspringen!«,

zischt Janette. Wütend funkelt sie Saskia und Ariane an, die in Handtücher gehüllt etwas abseitsstehen.
»Ach«, sagt Anna spitz, »du bist also an Bord geblieben?«
Für einen kurzen Moment ist es ganz still. Alle starren Janette an. Ihre Sachen sind trocken.
»Ich bin doch nicht doof«, sagt sie.
»Und was ist mit der Robbe?«, fragt Billi. »Wolltest du der denn gar nicht helfen?«
»Deswegen riskier ich doch nicht mein Leben«, meint Janette.
»Dein Leben!« Mark verdreht die Augen. »Wir hatten doch Rettungswesten an!«
»Das ist den Haien doch egal!« Janettes Stimme ist schrill.
»Haie?«, fragt Mark.
Conni stößt Billi an, schließlich ist sie die Fisch-Expertin. »Hier gibt's doch keine Haie, oder?«
»Doch, klar«, sagt Billi prompt.
Alle halten die Luft an.
»Den Katzenhai …«, beginnt Billi aufzuzählen.
»Der ist doch harmlos«, lacht Conni dazwischen.
»… den Riesenhai …«
»Den was?«
»Den Riesenhai«, wiederholt Billi, ohne die Miene zu verziehen. »Der wird so zehn, elf Meter lang.«
»Was?«, kreischt Saskia schrill.
Auch Conni ist ganz blass geworden.
Nur Janette lächelt fein. »Riesenhai«, sagt sie genüsslich, als ob das eine Eissorte wäre. »Hab ich's doch gewusst«, murmelt sie zufrieden und schlendert davon.

»Stimmt das mit dem Riesenhai?«, fragt Paul sofort.
»Ja, ehrlich!«, sagt Billi ernst. »Die gibt es hier sogar vor Sylt. Die meisten anderen Haie schwimmen nämlich nicht so nah an der Küste.«
Alle starren Billi entgeistert an.
Paul schnappt nach Luft. »Du wusstest das mit dem Riesenhai und bist trotzdem ins Wasser gesprungen?«
Billi grinst. »Ich wusste allerdings auch, dass Riesenhaie keine Zähne haben. Die fressen nur Plankton und sind völlig harmlos!«
»Uff«, stöhnt Mark auf. »Da hast du uns ja einen schönen Schrecken eingejagt.«
»Völlig harmlos«, zischt Anna und zieht ihr Handtuch noch fester um sich. »Also ehrlich gesagt«, brummt sie, »wenn so ein zehn Meter langer Hai vor mir auftauchen würde, wäre es ganz egal, ob der Zähne hat oder nicht. Ich wäre schon vor Schreck gestorben!«
»Da freue ich mich ja, dass du noch am Leben bist«, sagt Conni und grinst.
Anna schaut sie vorsichtig an. »Echt?«, fragt sie leise.
Conni nickt.
»Ich find es wahnsinnig toll, was du gemacht hast. Und … und es tut mir so leid, dass ich … dass ich mit Janette …«
»Ist schon gut«, sagt Conni großzügig.
Anna schluckt. »Sind wir wieder Freundinnen?«, fragt sie.
»Waren wir es denn mal nicht?« Conni tut erstaunt.
»Doch, die allerbesten!«, antwortet Anna schnell.
»Na, dann ist ja alles klar!«, sagt Conni und lacht.

Zurück im Schullandheim helfen Conni, Billi und Dina Anna bei ihrem Umzug.

»Jetzt sieht unser Zimmer gleich wieder viel besser aus«, meint Conni, während Anna ihr Laken zurechtzupft.

Später, als alle zum Abendessen gehen, bleibt Conni zurück.

»Ich komm gleich nach«, meint sie. »Geht ruhig schon mal vor!«

Schnell kramt sie Omas Tagebuch aus dem Koffer. Nachdenklich überfliegt sie noch einmal die letzten beiden Seiten. Die über Anna. Wie gut, dass das alles schon Geschichte ist!

Eigentlich könnte sie die Seiten jetzt einfach rausreißen.

Conni zögert. Irgendwie hat sie plötzlich doch kein gutes Gefühl dabei. Die Seiten bleiben drin, beschließt sie. Aber nicht einfach so. Mit einem roten Filzstift schreibt sie quer darüber: »LÄNGST ERLEDIGT!« und: »SCHNEE VON GESTERN!«

Dann schlägt Conni die nächste Seite auf:

Robbe gerettet !!!

Mehr schreibt sie nicht. Aber schließlich ist damit auch alles gesagt.

Nach dem Essen kommen Mark und Paul an ihren Tisch.
»Na, ihr zwei«, meint Billi freundlich.
Mark guckt etwas verlegen. Paul gibt ihm einen Stoß.
»Ich hab mir was überlegt«, sagt Mark schließlich. »Ihr wolltet doch die Fotos haben. Ihr wisst schon, welche. Na ja, wenn ich den Film entwickeln lasse, kriegt ihr die Fotos.«
»Und was ist mit den Negativen?«, fragt Anna sofort.
Mark nickt. »Die bekommt ihr auch!«
Conni, Billi und Dina prusten los vor Lachen.
»Was ist denn mit euch los?«, fragt Paul, der bei Marks großherzigem Angebot ein bisschen Überzeugungsarbeit geleistet hat. »Da will man euch mal was Gutes tun ...«
»Wir haben doch die Fotos schon längst«, kichert Conni.
»Wie? Ihr habt die längst?« Mark und Paul verstehen nicht.
»Wir treffen uns gleich in unserem Zimmer. Okay?«, fragt Conni.
»Okay!« Mark zuckt mit den Schultern. »Versteh einer die Weiber«, meint er kopfschüttelnd.

Keine zehn Minuten später hält Conni Mark die erbeutete Kamera unter die Nase. »Hier sind die Kotzfotos drauf!«
»Quatsch!«, lacht Mark und zieht seine Einwegkamera aus der Hosentasche. »Die hab ich hier!«
»Denkste!« Conni grinst triumphierend. »Wir haben die Kameras vertauscht!«

Es dauert einen Moment, bis Mark endlich versteht. »Das ist also gar nicht mein alter Fotoapparat? Sondern ein neuer?«
»Du hast es tatsächlich erfasst!«
»O Mann!« Mark kann es kaum fassen. Und auch Anna und Paul staunen.
»Du bist echt nicht zu schlagen, Conni!«, grinst Mark voll Anerkennung. »Und ich hab Paul die ganze Zeit nicht geglaubt!«
»Was hat er denn gesagt?«, fragt Conni.
»Dass du voll in Ordnung bist!«, sagt Mark.
Conni strahlt.
Paul grinst verlegen. »Für ein Mädchen zumindest!«
»Na, hör mal!« Conni stemmt die Arme in die Seite.
»Also, wie gesagt, du kannst die Fotos behalten«, sagt Mark schnell.
»Ich brauch eigentlich nur die, wo Anna, Dina, Billi und ich drauf sind.«
»Und was ist mit den anderen Mädels?«, fragt Mark.
»Wenn du willst, kannst du denen die Fotos ja selber zurückgeben«, meint Billi.
»Nur das von Janette sollten wir lieber als Großaufnahme in die Schülerzeitung setzen!«, meint Anna.
Mark grinst. »Gar keine so schlechte Idee!«
Conni winkt ab. »Wir haben uns da noch eine andere kleine Überraschung für Janette ausgedacht«, sagt sie und beginnt zu flüstern. Im nächsten Moment lachen alle laut los.
»Super!«, kichert Paul.

»Ich wette, morgen ist nicht nur der letzte Tag, sondern auch der beste!«, lacht Mark, bevor er mit Paul verschwindet. Die beiden wollen noch Fußball spielen, bevor die Sonne untergeht.

***

Nach einem Besuch im Sylter Heimatmuseum geht es am letzten Tag noch einmal an den Strand. Das Meer ist ganz ruhig und es lässt sich herrlich schwimmen. Die Jungs spielen mal wieder Karten, während sie sich in der Sonne trocknen lassen.
Saskia und Ariane dösen am Strand, während Janette gemütlich auf ihrer Luftmatratze im Wasser treibt und sich sonnt.
Jetzt schaukelt sie sanft auf dem Meer und freut sich, wie braun sie schon ist. Die Augen geschlossen, hält sie eine Hand lässig im Wasser, um sich ein bisschen abzukühlen.
Plötzlich stößt jemand unsanft an die Luftmatratze.
Janette schlägt die Augen auf. »He, kannst du nicht aufpassen!«, will sie schon rufen, aber die Worte bleiben ihr im Hals stecken.
»Ahhh!«, brüllt sie, als sie wieder Luft bekommt.
Eine große, graue Flosse ragt aus dem Meer und kommt direkt auf sie zu.
»Hilfe! Ein Hai!«, schreit Janette, so laut sie kann. Unter der Wasseroberfläche sieht sie seinen massigen Körper. Mindestens zwei Meter lang! Das ist kein harmloser Katzenhai. So viel ist klar!
Schon taucht der Hai unter ihre Luftmatratze. Mit einem

heftigen Stoß kippt er sie um. Kreischend stürzt Janette ins Wasser – sicher, dass der Hai sie gleich in zwei Teile zerreißt. Verzweifelt versucht Janette sich zu retten. Sie rappelt sich auf. Das Wasser ist zum Glück nur hüfttief. In wilder Panik rennt sie um ihr Leben.

Alle Leute am Strand starren zu ihr herüber.

»Hilfe! So helft mir doch!«, kreischt sie. Sie hat es fast geschafft. Das Wasser reicht nur noch bis zu den Knien.

Jetzt erst merkt sie, dass alle lachen.

Janette riskiert einen Blick zurück. Da ist immer noch der Hai! Und gleich daneben? – Anna und Conni.

Janette wirbelt herum. Das darf doch nicht wahr sein! Prustend vor Lachen reißen sich die beiden Freundinnen die Taucherbrillen vom Kopf. Die Rückenflosse, die aus dem Wasser ragt, sieht immer noch täuschend echt aus.

Zögernd bleibt Janette stehen und sieht zu, wie Conni den Hai am Schwanz packt und ihn zusammen mit Anna an den Strand schleift. Es ist einer dieser riesigen Plastikhaie, die es hier in jedem Strandladen zu kaufen gibt. Und sie wäre fast gestorben vor Angst!

Billi, Dina, Paul und Mark stürzen zu Conni.

»Das war einfach genial!«, lachen sie.

»Es sah täuschend echt aus!«, ruft Billi.

»Ja«, meint Paul, »weil der Hai richtig im Wasser lag und nicht wie andere Schwimmtiere nur auf der Oberfläche. Wie habt ihr das bloß gemacht!«

»War meine Idee«, meint Dina. »Wir haben Wasser reingefüllt!«

»Super«, nickt Paul voll Anerkennung. »Und euch hat man gar nicht gesehen«, meint er zu Conni.
»Deinem Schnorchel sei Dank!« Conni gibt ihm Taucherbrille und Schnorchel zurück.
»Und was ist mit den Fotos?«, fragt Anna.
Billi schwenkt Connis Kamera. »Alles im Kasten!«
»Meine sind bestimmt auch erstklassig!«, behauptet Mark. Er dreht sich zu Janette um, die immer noch wie versteinert am Strand steht. »Auf der Flucht vor dem Weißen Hai! Das sind doch tolle Bilder für unsere Schülerzeitung!«
Janettes gebräuntes Gesicht wird rot vor Zorn. Und das Schlimmste ist, sie weiß nicht, was sie sagen soll!
Wortlos rafft sie ihre Sachen zusammen und geht.
»He, vergiss deine Luftmatratze nicht!«, ruft ihr Paul hinterher. Sie schaukelt noch immer auf dem Meer.
Janette denkt nicht daran, wieder einen Schritt ins Wasser zu gehen. Soll die blöde Luftmatratze doch im Meer verrotten! Ohne sich noch einmal umzudrehen, stapft sie über den Dünenweg davon.

***

Am nächsten Morgen wacht Conni früh auf. Sehr früh. Aber wie sie sich auch im Bett hin und her dreht, sie kann nicht mehr einschlafen. Leise holt sie sich ihr Tagebuch ins Bett. Nachdenklich knabbert sie am Stift. Plötzlich lächelt sie, dann schreibt sie los. Zeile für Zeile:

Die Janette macht viel Geschrei:
„Ach, auwei, da kommt ein Hai!"
Kreischend rennt sie durch das Meer
und der Hai kommt hinterher.
„Oh! Gleich werde ich gebissen,
in der Mitte durchgerissen!"
Ach Janette, sei doch kein Dummi:
Der große Hai ist nur aus Gummi!

Zufrieden klappt Conni das Tagebuch zu. Besondere Ereignisse verdienen besondere Tagebucheinträge!
Gähnend räkelt sich Anna in ihrem Bett. Bald darauf sind auch Dina und Billi wach.
»Das ist das Reisefieber«, gähnt Anna. »Das weckt einen immer so früh auf!«
»Dabei hätten wir noch gut eine halbe Stunde pennen können«, murmelt Dina verschlafen.
Billi ist wie immer sofort putzmunter. »Wir könnten doch noch schwimmen gehen«, schlägt sie vor.
»Au ja! Ein letztes Mal zum Meer!« Conni ist begeistert. Nach dem Frühstück geht es gleich zum Bahnhof, da bleibt keine Zeit mehr, noch einmal an den Strand zu gehen.
Gemeinsam laufen sie auf dem Dünenweg zum Strand.
»So was Doofes! Ich hab mein Handtuch vergessen!«, ruft Billi auf halbem Weg und rennt noch einmal zurück.
»Wir gehen schon vor«, ruft Conni ihr nach.
Der Strand ist jetzt am frühen Morgen noch seltsam leer. Dina, Anna und Conni breiten ihre Handtücher aus. Dann gehen sie langsam ins Wasser.

»Puh, ist das heute kälter als sonst?«, fragt Dina.
»Kommt mir auch so vor«, lacht Anna.
Conni schwimmt längst. »Los, ihr Pappnasen«, ruft sie. Doch im nächsten Moment ist sie still. Nicht weit von ihr taucht eine graue Rückenflosse aus dem Meer auf.
Conni holt Luft und lacht. »Also wirklich! Da hätte sich Billi schon was anderes einfallen lassen können!«, ruft sie den anderen zu.
»Was hätte ich machen sollen?«, ruft Billi hinter ihr.
Conni schaut sich um. Da ist ja Billi! Und Anna und Dina auch! Conni schluckt. Die graue Rückenflosse ist immer noch da. Da taucht sogar eine zweite auf! Und eine dritte und vierte!
»Schweinswale!«, jubelt Billi auf einmal los. Ganz leise allerdings, um die Wale nicht zu erschrecken.
»Schweinswale?« Conni flüstert jetzt.
»Ja, eindeutig!« Billi ist ganz aufgeregt. »Ich hab gelesen, dass sie manchmal bis an den Strand kommen!«
Schweigend beobachten die Mädchen, wie die Wale im Wasser hin und her schwimmen, untertauchen, wieder auftauchen und sich schließlich langsam entfernen.
»Schweinswale! Und so nah!« Billi führt einen Freudentanz auf.
»Wahnsinn«, ruft Dina. »So was habe ich ja noch nie erlebt!«
Conni nickt. »Ich nur einmal, als ich die Delfine gesehen habe«, sagt sie. »Delfine sollen ein gutes Zeichen für Freundschaft sein. Meint ihr, Schweinswale auch?«
»Bestimmt!«, ruft Anna sofort.

»Und es waren genau vier da«, sagt Billi und zwinkert Dina zu. »Das war bestimmt kein Zufall!«
Die Mädchen waten aus dem Wasser. Das Frühstück wartet.
Conni ist beinahe ein bisschen wehmütig zu Mute. »So schnell sehen wir das Meer nicht wieder!«, sagt sie.
Billi winkt ab. »Ach, wo wir doch noch die Schweinswale gesehen haben, können wir ruhig fahren«, lacht sie.

Keine zwei Stunden später sitzen sie im Zug. Diesmal allerdings ganz bequem am Tisch. Vier Plätze: je einer für Conni, Anna, Billi und Dina. Perfekt!
Längst sind sie über den Damm aufs Festland gefahren. Diesmal durchs glänzende Watt.
»Bin mal eben auf Klo.« Dina steht auf.
Conni schaut ihr hinterher. Die Klassenfahrt hat schon einiges gebracht. Zum Beispiel eine neue Freundin.
Kaum ist Dina weg, kommen Janette, Saskia und Ariane den Gang entlang. Sie haben sich im Bordbistro gerade mit Proviant eingedeckt. Janette geht lollilutschend voran, während Saskia und Ariane mit großen Chipstüten hinterherkommen.
»He, lasst mal ein paar Chips rüberwachsen«, ruft Mark. Er sitzt mit den anderen Jungs gleich am Nebentisch.
Ariane seufzt. »Na gut! Aber lasst noch welche drin!«
»Wollt ihr auch?« Saskia hält Conni, Billi und Anna ihre Tüte hin.
Conni schaut sie überrascht an. Dann greift sie zu. »Danke! Ist echt nett von dir!«

»Ich? Nett? Musst du mich immer gleich beleidigen?«, fragt Saskia grinsend. Dann schlendert sie hinter Janette und Ariane her, zu ihren Sitzplätzen weiter hinten.
Frau Lindmann macht zusammen mit Frau Stern einen ihrer regelmäßigen Kontrollgänge. »Bei euch alles in Ordnung?«, fragt sie gut gelaunt.
»Klar doch!«
»Und? Die Klassenfahrt hat euch gefallen?«, fragt die Lehrerin weiter.
»Aber ja!«, ruft Conni. »Mit Ihnen immer, Frau Schmetterwurm!«
Frau Lindmann schüttelt lachend den Kopf. »Wie? Das will ich nicht gehört haben!« Dann schaut sie sich um. »Sagt mal, wo steckt eigentlich Dina?«
»Ist nur kurz auf Klo«, meint Conni.
Frau Lindmann nickt und geht weiter.
»Kurz?«, fragt Anna. »Nicht dass sie sich da wieder verbarrikadiert hat!«
In dem Moment taucht Dina auf. »Verbarrikadiert? Wer? Wo?«, fragt sie neugierig.
»Du, auf dem Klo!«, sagt Anna.
»Ach was!«, lacht Dina. »Schaut lieber, was ich vom Bistro mitgebracht habe!« Sie hat einen ganzen Stapel Eiskonfekt in der Hand.
»Eins ist klar«, sagt Billi. »Die Rückfahrt ist deutlich besser als die Hinfahrt!«
»Das finde ich auch«, lacht Dina.
»Sie hat bloß einen Haken«, sagt Conni und verzieht ihr Gesicht.

Ihre drei Freundinnen gucken sie überrascht an. »Was denn?«

»Eben dass es schon die Rückfahrt ist!«, meint Conni und schnippt sich in hohem Bogen ein Stück Eiskonfekt in den Mund.